Bo

Jurnalul unui Adam

Volumul 1

ISBN GENERAL 978-973-0-21469-7
ISBN VOL I 978-973-0-21470-3

Bogdan Marcu

JURNALUL UNUI ADAM

volumul 1

București,
2016

Mulțumiri

Părinților mei, Mihaela și Traian, și surorii mele, Antonia, pentru că există și datorită lor am ajuns aici.

Iubitei mele, Ștefania, și părinților ei, Doina și Ștefan, pentru că m-au susținut.

Întregii echipe Bookzone, pentru că mă ajută să materializez acest vis.

Și, nu în ultimul rând, celor peste 100.000 de cititori care m-au încurajat să scriu.

Să facem cunoștință!
Adam, încântat!

Dacă voi reuși să-ți smulg un zâmbet, să te încurajez câtuși de puțin, să te fac să ai mai multă încredere în tine, voi fi fericit!

Mi se spune Adam, deşi nu mă cheamă aşa. Ştii de ce? Pentru că toţi bărbaţii sunt Adami, iar toate femeile Eve. Avem o origine comună fie în Divinitate, fie în teoria Darwinistă – cândva a fost un singur bărbat şi o singură femeie.

Îmi plac femeile frumoase din toate punctele de vedere. Îmi place să mă joc cu mintea lor, cu trupul lor şi, la rândul meu, să le las să se joace cu mine. Nu vom câştiga niciunul, nu vom avea parte de-o victorie egoistă, ci, în cel mai fericit caz, de o victorie în doi ce va ţine câteva clipe sau poate o viaţă.

Îmi place muzica bună pentru că în ea, pe lângă scris, îmi găsesc liniştea şi, uneori, mă inspiră să scriu. Nu am artişti preferaţi, piese preferate, ci un număr destul de mare de melodii ce-mi ajung până în măduva oaselor.

Nu-mi place iarna decât în perioada 24 decembrie – 1 ianuarie, în rest încerc să o ignor. Dar iubesc vara şi, dacă s-ar putea, m-aş muta într-un loc unde doar vara există.

Nu prea ştiu să vorbesc despre mine, n-am învăţat încă lecţia asta – îmi place să fac şi să las omul să decidă cum sunt, ce sunt şi dacă are sens să fim prieteni. Nu-mi place să apelez la strategii de marketing în ceea ce priveşte persoana mea – cert este că nu sunt nici cel mai bun, nici cel mai rău om de pe planetă.

Însă, în cei câţiva ani ai mei, am învăţat o serie de lecţii ce mi-au prins bine şi m-au ajutat să fiu bărbatul care sunt astăzi. Am fost dorit de unele femei, am fost mai apoi hulit de o parte dintre cele care m-au dorit, am fost refuzat de altele şi cam asta este, pentru moment, totul despre relaţia Adam-femeie – pe parcurs veţi descoperi singuri restul.

Aaa, da! Tot în timp, am învăţat să accept momentele de singurătate ce au devenit mai dese odată cu creşterea selectivităţii în privinţa femeilor. Pe la 16-17 ani conta cantitatea, astăzi, cu siguranţă, contează calitatea.

I.

„Cândva, te recunoșteam dintr-o mie. Azi, nici măcar atunci când te am în față."

Andreea a fost prima mea iubită. Aveam aproape 15 ani, ea aproape 17 – mă simţeam mândru că reuşisem să-i îmbrobodesc mintea unei tipe mai mare ca mine. Relaţia noastră nu a ţinut prea mult – legat, vreo două săptămâni. Dar au fost două săptămâni pline pentru mine, zile în care am învăţat să sărut o fată şi în care am scăpat de feciorie. Norocosul de mine!

Dacă ar ştii draga mea Andreea cât de emoţionat eram înainte de primul nostru sărut din iarna aceea. De emoţii, uitasem de frig şi nici nu simţisem că-mi îngheţase fundul pe gardul din faţa blocului ei. Pe drumul spre ea, îmi închipuiam cum să o sărut încât să nu mă fac de râs şi cu cât mă apropiam de locul nostru de întâlnire, cu atât mai tare-mi bătea inimioara de adolescent.

Inevitabil am ajuns. Dar am ajuns cu cinci minute mai repede. Se pare că nerăbdarea mi-a făcut picioarele să se mişte puţin mai repede. Cinci minute ce mi s-au părut o eternitate în care creierul meu se încinsese sub ninsoarea slabă din acea zi.

Hai Andreeo, hai odată! Mor aici! Nici în prima zi din clasa întâi nu am avut atâtea emoţii, să ştii. Apari de după un colţ de bloc, îmbrăcată în nişte ghete negre, blugi albaştri şi o geacă neagră – atunci nu am realizat ce purtai, abia după ce am ajuns acasă şi imaginea ta mi-a venit în minte, te-am putut descrie cum erai îmbrăcată. Cu fiecare pas ce-l făcea înspre mine, îmi creştea puţin câte puţin ritmul cardiac – cred că aveam tahicardie[1].

- Bună! Andreea, încântată! îmi spui cu un zâmbet pe chip, în timp ce mi-ai întins mâna. La dracu', transpirasem tot!

- Bună! Adam, încântat! Şi ţi-am strâns mâna de parcă eram pe punctul de a încheia cine ştie ce afaceri importante.

Nici nu m-am gândit că vom face cunoştinţă, ci că ne vom săruta fără nicio altă vorbă. Că vom muta sărutările de pe Messenger în viaţa reală, că am făcut cunoştinţă acolo şi că schimbasem deja

---

[1] Accelerare fiziologică (în timpul unui efort fizic, emoţii etc.) sau patologică (în unele afecţiuni cardiace) a bătăilor inimii.

suficiente cuvinte pentru a mai pierde acum timpul. Eram naiv! De fapt, naivitatea era caracteristică vârstei şi avea cauze în noutatea pe care tocmai o trăiam – până atunci mă mai tachinasem cu alte fete, dar nimic mai mult.

- Ce faci? mă întreabă cu acelaşi zâmbet larg pe chip.

Câte făceam în sinea mea, dar tot ce ţi-am spus a fost ceva extrem de sec:

- Bine, tu?

Acum, când mă gândesc la replica mea mă bufneşte râsul. Îmi propune să ne plimbăm pentru că altfel riscăm să devenim sloiuri. Ea a condus cam toată discuţia, cu tact, fără să pară deranjată de lipsa mea de experienţă – de fapt, ştia în ce se bagă, căci îi spusesem că-s nou în astfel de experienţe.

M-a întrebat ce-mi place, ce nu, ce planuri am după ce termin clasa a 8-a, dacă îmi place vreo materie şi tot felul de chestii de genul. După fiecare răspuns, aproape mecanic, repetam întrebarea „Dar ţie?". Nu s-a enervat, ci mi-a răspuns calm, aşa cum îi răspunde un părinte copilului său care se află la vârsta cunoaşterii şi descoperirii de noi lucruri.

Ne plimbam de vreo jumătate de oră prin oraşul nostru mic şi aproape că l-am parcurs pe tot. Repet, eu unul nu simţeam strop din gerul ce intrase în fiecare perete, stâlp, drum, copac, câine vagabond şi om. Eram preocupat să răspund prompt, ca la şcoală, şi mă gândeam ce voi face dacă îşi va apropia buzele subţiri de gura mea.

Ne-am întors şi am ajuns în faţa blocului ei.

- Aici stau, îmi spuse. La etajul patru. Uite acolo unde e becul aprins şi se văd jaluzelele roşii.

Ridic capul să privesc spre locul indicat, când, deodată, simt că se apropie de mine, îmi ia capul în mâini şi mă priveşte pentru o secundă în ochi. Văd că închide ochii şi-i urmez modelul. Mă sărută! Da, mă sărută! Simţeam cum buzele noastre se ating uşor, în timp ce o căldură inexplicabilă îmi cuprinde tot corpul – pe interior, luasem foc. Toate gândurile mele, toate închipuirile, toate scenariile din capul meu, pur şi simplu, au dispărut şi au făcut loc momentului – primul meu sărut. Când buzele s-au descleştat, s-a uitat la mine şi mi-a spus:

- A fost bine. Sigur nu ai mai sărutat vreo fată înainte? A început să râdă, în timp ce braţele ei mă cuprindeau într-un fel de strânsoare ce-mi plăcea la nebunie.

Nu, nu mai sărutasem pe nimeni. Eram fericit! Îmi venea să urlu de fericire – chiar şi lucrurile mici ne fac fericiţi dacă ştim cum să le primim. O priveam, era tot ceea ce eram în stare să fac. Mă simțeam extaziat, în al 9-lea cer sau în oricare alt mod vreți voi.

- Hai să mergem acasă, este prea frig, iar mie deja mi-au înghețat mâinile și picioarele.

Aş fi vrut să înțepenesc acolo, să fie obligată să rămână cu mine până când mă voi decide să o iau din loc. Dar cum nu mereu obținem ceea ce vrem, a trebuit să mă mulțumesc cu cât primisem deja.

- Bine, Andreea. Rămâne să stabilim când ne vedem data următoare. M-am apropiat de ea să o sărut, îmi doream mult să repet (la infinit) gestul, însă, de data aceasta, a fost un sărut scurt, o simplă atingere de buze.

O privesc cum se îndepărtează spre ușa blocului. Ea a intrat în scară, iar eu am mai rămas preț de câteva secunde privind în gol, parcă urmărindu-i umbra pe care doar eu o puteam vedea. Mă trezesc din visare, începând să simt și eu frigul. Grăbesc pasul spre casă, căci este o iarnă a dracului de rece.

Odată cu Andreea, mintea mea a început să se deschidă, să fie pregătită pentru când va fi nevoie să învețe lecții, să țină minte experiențe. Sufletul părea a nu da niciun semn.

Am ajuns acasă. Eram fericit și se pare că se vedea, ai mei întrebându-mă când am ajuns acasă ce s-a întâmplat de-s așa luminat la față. Am dat din mână, am zis un „nimic”, caracteristic unui puști, și am intrat în camera mea. Am închis ușa, am pornit PC-ul și m-am logat pe Messenger. Simțeam nevoia să-i vorbesc, să-i spun ce simt, să-i mulțumesc încă o dată, deși, să fim serioși, nu făcuse nimic special. Însă, în acele clipe, simțeam că a făcut un mare sacrificiu pentru mine, puștiul brunet cu ochi căprui. Mai târziu, am înțeles că este cel mai mic gest ce-l poți face pentru cineva, că sacrificiile sunt altele și mult, mult mai grele.

Am vorbit vreo trei ore cu ea. A rămas să ne vedem ziua următoare, la 17.00, în același loc. Doamne, câtă fericire zăcea în mine! Eram mai nerăbdător să o întâlnesc decât eram atunci când trebuia să deschid cadourile de sub brad.

Acum, când mă gândesc la prima mea relație, îmi dau seama că nu era iubire ceea ce simțeam eu. Era doar entuziasm, acel entuziasm care te îmbată groaznic și mahmureala ține zile bune. Dar, pe atunci, simțeam că o iubesc.

A doua zi ne-am văzut din nou. Ne-am plimbat iar prin frigul crunt, specific zonei mele. Ne-am ținut de mână de data aceasta, iar când îi înghența mâna o băga-n buzunarul meu stâng. Un fel de plapumă pentru mâini era acel buzunar. Nu-mi venea să-i dau drumul.

- Adam, ce-ți place la mine? mă întreabă ea.

- Totul! mă grăbesc să-i răspund.

- Nu se poate! Nu mă cunoști de mult timp încât să-mi spui că-ți place totul. Serios, ce-ți place? Zi-mi un singur lucru.

- Să-mi petrec timpul cu tine! Se pare că-i răspunsesem bine din moment ce m-a sărutat.

- Dar ție? o întreb și eu a rândul meu.

S-a uitat câteva secunde la mine, mi-a zâmbit și m-a strâns de mână.

- Nu-i corect! am protestat ca un puștan ce eram.

- O să vezi că de multe ori nu va fi corect, dar că vei accepta de dragul celui de lângă. **Uneori vei sacrifica tot ce-i mai bun din tine pentru cel de lângă** – iubirea, pe lângă fericire, îți aduce ș-un gram de prostie.

- Nu-nţeleg! Chiar nu înţelegeam pe atunci la ce se referea. Mi-au trebuit nişte ani şi nişte femei pentru a înţelege acele vorbe.

- Nici nu mă aştept să înţelegi acum. Nu-ţi voi spune, oricum nu m-ai crede. Când vei trăi pe pielea ta, abia atunci vei înţelege rostul vorbelor mele. Dar, stai liniştit, iubirea nu omoară pe nimeni.

- Ok, fie cum spui tu! Încercam să schimb subiectul pentru că mă făcea să mă simt inconfortabil. Nu subiectul în sine, ci faptul că nu înţelegeam. Mereu m-am simţit prost când păream prost. Sau poate chiar eram, cine ştie?!

Acum doar mergeam, niciunul nu mai spunea nimic. Priveam în faţă, eu gândindu-mă la cât de norocos sunt, iar ea ... nu ştiu la ce se gândea. Ş-am tot mers ca doi muţi vreo jumătate de oraş. M-am hotărât să rup tăcerea, căci deja devenea apăsătoare:

- Cu câţi băieţi ai mai fost împreună? o întreb.

- Contează? Părea deranjată de întrebarea mea şi nu înţelegeam de ce.

- Da, oarecum, îi răspund timid.

- Cu câţiva, nu mulţi. Suficienţi.

- Aha.

Şi iar tăcere. De data aceasta, ea a decis să rupă tăcerea:

- Niciodată să nu întrebi o femeie despre trecutul ei. Tonul îi era acuzativ, de parcă tocmai făcusem o mare gafă. De fapt, cu timpul, mi-am dat seama de ce a reacţionat aşa.

- De ce? Ce-i rău în asta?

- Totul. Adam, când alegi să fii cu o femeie, nu contează trecutul ei atât timp cât ai făcut alegerea cu sufletul deschis. Contează ceea ce faci în prezent şi ceea ce-ţi doreşti pentru viitorul vostru.

- Păi şi dacă a stat cu încă 10, să zicem, înaintea mea, nu crezi că ar trebui să ştiu? eram din ce în ce mai confuz.

- Dacă vrea să știi, îți va spune. Dacă nu, te va minți. Femeile au o vorbă pe care o folosesc des și o vei auzi și tu: „ești al doilea”. Trecutul poate fi, într-o oarecare măsură, ascuns, însă prezentul și viitorul sunt în mana ta și a ei. Eh, mă rog, cândva, peste vreo doi-trei ani, îmi vei da dreptate.

Am făcut cale întoarsă, spre blocul ei. Mă uit la ceas, a trecut o oră, dar eu aveam impresia că trecuseră doar vreo 5 minute. Așa-i când faci ce-ți place – timpul zboară și nu-ți lasă prea multe clipe să te bucuri.

Pe drumul de întoarcere, am tăcut. Și eu, și ea. Și de data aceasta a fost o tăcere cruntă, apăsătoare, ca liniștea de dinaintea furtunii. Nu mai aveam curajul să o îndepărtez, așadar priveam înainte și-o țineam de mână. Nu știam ce altceva aș fi putut să fac. Aveam impresia că am dat-o în bară, deși nu știam exact cu ce.

Uită-ne-n fața blocului ei. Prea repede am ajuns, prea repede a trecut timpul. Nu voiam să plec, dar nu-i puteam spune asta. Nu găseam ceea ce credeam eu pe atunci că se numeşte curaj.

- Vii sus? mă întreabă perechea de ochi căprui.

Eram uluit. Am rămas mut. Eram întruchiparea perfectă a muţeniei pământului.

- Ce?! o întreb eu, în timp ce încercam să mă dezmeticesc.

- Vii sus la mine? Ai mei sunt plecaţi, iar afară e din ce în ce mai frig. N-aş vrea să răcim.

- Ok.

Ş-am intrat în scară, ş-am urcat patru etaje, ş-am intrat în casă, şi m-am aşezat pe canapeaua din sufragerie şi tot nu-mi venea să cred. Era prea repede, lucrurile luaseră o turnură prea bruscă.

- Vrei ceva?

- Un pahar de apă, te rog.

Mi-a adus paharul cu apă. L-am băut într-o secundă.

- Ce-i cu tine? mă întreabă Andreea.

- Nimic, ce să fie?

- Adam, te văd, nu-mi vinde gogoși, te rog!

- Sunt surprins, asta e tot, îi răspund încercând să par sigur pe mine.

- Înțeleg. Mi-a zâmbit. Cel mai frumos de până atunci.

A plecat în altă cameră. Când s-a întors, era îmbrăcată într-o pereche de pantaloni scurți, albaștri, care se terminau brusc chiar sub fese. Ș-un maiou alb, puțin cam larg, pentru că, din lateral, i se vedeau sânii. Cred că mă holbam la ea mult prea evident, pentru că a început să râdă.

- Vezi că-ți curg balele, dragule! continua să râdă.

Dă-le dracului de bale, era pentru prima dată când vedeam atât de aproape un trup de femeie.

- Hai cu mine!

M-am ridicat de pe canapea, i-am luat mâna și am lăsat-o să mă conducă. Nici dacă mi-aș fi dorit, nu cred că m-aș fi putut opune. Am ajuns la ea în cameră. Totul era roșu, tipic pentru o fată. Încă mai avea niște plușuri pe dulap. N-am apucat să-i văd prea mult camera, căci m-am trezit trântit în pat. La propriu.

Mi-a dat jos puloverul și a început să mă sărute. De la gât, pâna la linia boxerilor. Eram atât de excitat de aveam impresia că-mi vor sări capsele de la prohab. Habar nu aveam ce să fac în astfel de situații, abia învățasem cum să sărut o fată, d-apoi să i-o trag uneia. M-a citit, m-a simțit și m-a ajutat. I-am mulțumit c-un zâmbet tâmp.

- Dă-mi jos maioul, Adam! Nu sta ca fraierul, învață cât poți și sunt dispusă să-ți arăt, mi-a spus pe-un ton dominator. Așadar, zis și făcut.

Pentru prima dată am văzut cum arată sânii unei femei. Atât de aproape, atât de real. I-am sărutat, i-am prins în mâini. Avea pielea fină și asta-mi plăcea. Îmi dă pantalonii jos. Apoi boxerii. Toate în câteva secunde, nici n-am apucat să realizez că-s gol. Gol în fața unei femei. Dar cu sufletul plin de fericire. Sincer, cred că era fericirea celui care face pentru prima dată sex și scapă de filmele porno în felul acesta. Cel puțin, așa a fost la mine.

I-am dat și eu pantalonii scurți jos, apoi chiloții. Toate cu un tremur nervos al mâinilor. Ea părea să se amuze pe seama stângăciei mele, din moment ce râdea și mă întreba dacă-mi era frig. Îmi era doar poftă, una nebună, de ea.

Ei bine, iată-ne goi. Eu peste, ea sub. Ș-acum, ce facem, draga mea? Ah, să te sărut începând cu gâtul și terminând cu ce? Cum? Cu ce ai între picioare? La dracu'! Nu mă pricep deloc, știi asta!

Am început să o sărut. Așa cum știam eu, cât știam eu. Părea că-i place, căci a închis ochii și a lăsat capul pe spate. I-am sărutat sânii și m-am oprit preț de o secundă pentru a-i privi din nou – mă fascinau – apoi i-am sărutat abdomenul și uite-mă în zona șoldurilor. Hah, ăsta-i momentul important! În timp, când am crescut, am învățat că sexul oral ori e bun, ori mai bine nu-l faci. I-am sărutat, mai întâi, interiorul coapselor până la genunchi. Apoi am urcat între picioare. Când am atins-o pentru prima dată, a gemut. Trebuie să-i placă, mă gândeam. Am continuat, deși nu știam exact ce fac. De acolo, o aud:

- Hai, stai pe spate! Acum e rândul tău.

Inima-mi creștea. O să am parte de primul oral – norocosul de mine! Mă întind pe spate. Îi simt buzele pe gât, iar, pe neașteptate sare zona de până acolo, și-i simt buzele moi pe penis. M-au cuprins căldurile, ridic puțin capul, cât să o văd. Era o fantezie de-ale mele. Recunosc, mi-a plăcut să o privesc în timp ce mă satisfăcea. Simțeam că-mi voi da drumul curând. N-a mai durat mult și m-am terminat. Nu mă întrebați unde, nu contează. Eventual, imaginați-vă. Oricum, totul a fost repede. Așa-i prima dată, pe repede înainte.

- Acum, o să te învăț cum să i-o pui unei femei cât să-i placă. Nu trebuie să fii cel mai bun, ci cel mai atent. De cele mai multe ori, atenția pe care i-o acorzi contează mai mult decât orice tehnică, să ştii. Femeia, când face sex, acţionează şi psihic, nu doar fizic cum e cazul bărbaţilor.

- Ok, i-am răspuns, în timp ce ridicam din umeri nedumerit.

S-a dat jos de pe mine şi s-a pus pe spate. Eu eram în genunchi, între picioarele ei şi încă-i priveam sânii fascinat. Cred că eram mai fascinat de perechea aia de sâni decât am fost de poveştile pe care mi le spuneau ai mei când eram copil.

- Hai! mi-a spus pe-un ton de femeie care ştie să-şi strunească bărbatul în pat.

„Hai ce?" era în capul meu. „Pe unde?", „Cum?" şi „După ce-o bag, ce dracului fac?". Nu am apucat să-mi termin seria de întrebări, căci cu mâna ei mi-a prins penisul ferm şi l-a introdus în ea. Nu aş putea să descriu în cuvinte senzaţia primei dăţi – cald, mândrie, umed, extaz, fericire. Partea proastă este că, de fel, prima dată ţine destul de puţin la cât de înfierbântat şi emoţionat eşti. Fiecare băiat, la vârsta pubertăţii, oricât de sigur ar vrea să pară, în interiorul lui, genunchii sufletului i se clatină. Să nu se facă de căcat, nu din alt motiv.

Am intrat în ea. Și, pentru câteva secunde, am rămas acolo, privind-o în ochi și încercând să-i transmit mulțumiri. Mi-a zâmbit, așa cum mult timp de atunci încolo, n-a mai făcut-o nicio fată.

Am început acel du-te-vino timid, iar ea a închis ochii. Mă cuprinse teama. Nu trebuie să închidă ochii, căci nu mai are cine să mă îndrume. În capul meu, vorbele astea sunau des și tare „Hei, hei! Deschide ochii și ajută-mă aici!". Se pare că nu puteam comunica telepatic din moment ce ochii îi erau tot închiși.

- Mai adânc! a strigat.

Jur, se transformase din acea fată fragilă, într-o femeie în stare să taie în carne și oase. M-am conformat, iar ea a gemut încet. Inițial, am crezut că o doare ceva, dar până să întreb prostia, am auzit-o spunând că-i bine. La dracu', mă speriasem că i-am frânt ceva p-acolo!

Am continuat aşa, habar nu am cât, dacă au fost 30 de secunde sau 10 minute. Aş miza pe prima variantă, căci bărbaţilor li se deformează noţiunea timpului atunci când sunt în pat – mereu au impresia că a durat mai mult.

Eu mă simţeam bine. Mă simţeam fericit că nu mai eram virgin. Mă simţeam de parcă aş fi câştigat la Loto premiul cel mare. Aşa-i la început.

- Hai să schimbăm! îmi spune.

- Cum? o întreb cu ochii plini de inocenţă.

- Stau capră!

Poziţia asta o ştiam. Din filmele porno, că de altundeva n-aveam de unde. Au fost bune şi alea la ceva. O priveam din spate, cum îşi lăsase capul în jos şi, invers proporţional, îşi ridicase fundul. Recunosc, îmi plăcea şi fundul ei. Era genul de fund pe care l-ai fi plesnit încă de la început dacă ai fi ştiut că-ţi este permis.

Am intrat în ea. Cât de adânc am putut. Și am mărit puțin ritmul, că așa văzusem eu. Mare greșeală! Intuiți voi ce s-a întâmplat.

- Nu-i nimic, dragule! A fost începutul, calmează-te!

M-am dus la baie să mă spăl. Pe drum, toate gândurile mele râdeau de mine și-mi șopteau răutăcios că am făcut-o de cacao. Ei, și ce?! Nu m-am născut învățat, dar sunt dornic să-nvăț mai ceva ca la școală.

M-am întors și m-am așezat lângă ea. Stăteam pe spate, eu uitându-mă la tavan de rușine, ea fredonând o tâmpenie de melodie. Nu aveam curaj să-i spun ceva, să o întreb ceva, să-i spun că-mi este rușine. Tăceam ca un bou. A salvat ea, iar, situația:

- Nu-ți mai face griji, fraiere! O să vezi că va fi din ce în ce mai bine. Și pentru tine, și pentru mine. Acceptă situația, că așa-i la început. Crezi că vreunul se poate lăuda cu performanțele lui încă de prima dată? Îți spun eu că nu și, oricum, cine se laudă cu asemenea performanțe, să știi de la mine, este cel mai mare bou. Boul suprem! Despre sex, nu se discută în afara cuplului, decât dacă-s discuții generale. În rest, din respect pentru celălalt, taci și zâmbești tâmp. Nu trebuie să-ți știe toată lumea fanteziile ori cum i-o tragi prietenei tale șatene. În fine, tu să faci cum simți!

- Ok. Atât am putut să spun. Doamne, ce prost eram! Și-ncă mai sunt, de ce să mă ascund. Ce facem acum, Andreea?

- Sex. Partea a doua. A început să râdă. În acel moment, îi uram râsul zgomotos și, parcă, ironic. Te-ai odihnit?

- ... am ridicat din umeri în loc de răspuns verbal.

- Ok, am înțeles. Stai pe spate, mă ocup eu, pentru început.

S-a așezat peste mine. Simțeam că-mi crește pulsul, că sângele mi se drenează spre extremitatea corectă și, în următorul moment, am simțit că-s în ea. Era caldă și căldura asta-mi plăcea. Nu, n-am folosit prezervativ. Știu inconștiență, dar n-am avut nicio problemă. Ea a început să se miște în sus și-n jos, iar din când în când, parcă-și măsura ritmul, făcea câte un opt de simțeam că-mi zboară ... creierul. Frate, e mișto să faci sex! Mi-a luat mâinile și le-a pus pe fundul ei. L-am strâns ferm, căci așteptam de ceva vreme lucrul acesta. Crescuse ritmul și, odată cu ritmul, îmi creștea și mie temperatura corporală. Voiam să-i fac ce văzusem eu, dar știam că n-am șanse acum. Poate niciodată. Fii tu, Adam, lasă naibii filmele! O auzeam gemând și-i vedeam sânii cum îi săltau de fiecare dată când cobora și urca. M-am ridicat în șezut și i-am sărutat sânii.

- end of story, restul imaginați-vă voi-

Ne-am regăsit în aceeași postură, amândoi întinși pe spate, ea fredonând (cred că era pe post de țigara de după), eu mai încrezător în mine. Am început să înțeleg cam cum ar trebui să i-o pui unei femei, deși, era evident, că aveam nevoie de exercițiu.

- Adam, mi-a plăcut!

- Serios? o întreb uimit.

- Da, a fost bine, nu excepțional, dar cât să nu te faci de râs. A început să râdă iar. De data asta, nu-i mai uram râsul și îi eram partener.

- Andreea, ș-acum ce se întâmplă cu noi?

- Nimic, ce să se întâmple? O să ne vedem, o se ne mai plimbăm și, dacă meriți, te mai învăț câte ceva.

Era doar a doua zi a relației noastre, iar eu începeam să-mi fac probleme despre ce va urma, despre ce căi apucăm, despre ce dorințe ascunse avem. Simțeam că mă apropii periculos de sufletul ei și, din auzite, știam că nu-i indicat. Dar, nu aveam de gând să mă opun – dacă sufletul meu voia să-i îmbrățișeze sufletul, îl voi lăsa. Ce nu te omoară, nici nu te face să regreți o viață întreagă!

O iau în brațe, și-i țin capul pe piept, în timp ce-o mână îi dădea târcoale prin firele de păr.

- Cum ți s-a părut? mă întreabă perechea de ochi căprui.

- Nou. Nu știu să-ți descriu.

- Atunci înseamnă că a fost bine și pentru tine. Când îți va fi greu să descrii în cuvinte stări, sentimente, momente, înseamnă că-s autentice și încărcate de emoție. Ș-așa-i bine să trăiești – explicând cât mai puțin, trăind cât mai profund.

- Am o curiozitate ...

- Spune, te rog.

- Cum sunt femeile atunci când se îndrăgostesc?

- Este un subiect lung, dar voi încerca să sintetizez atât cât pot, îmi răspunde ea.

Ei bine, femeia când se îndrăgostește devine proastă. Scuze limbajul, dar presupun că vrei o părere sinceră. Pur și simplu, din cauza iubirii ori a entuziasmului de moment, o părăsește rațiunea. Sau, mai bine zis, gramul ăla de inteligență. Să știi că femeile se îndrăgostesc total de bărbații lor, își aduc în patul conjugal toată istoria, toate temerile, toate bucuriile, tot trupul, tot sufletul, tot! Poate că acum nu înțelegi ce-ți spun, dar, cu timpul, îți vei aminti de ceea ce debitez în momentul de față.

A făcut o pauză, de gândire probabil, după care a continuat:

- Femeia când se îndrăgostește, își uită creierul la ușa apartamentului. Unele au noroc de bărbați buni, altora le-ar trebui. Iubirea este ca o loterie – nu știi de cine, când, cum, unde și de ce. Și dacă ai ghinionul să dai de un nenorocit, ai pus-o! Tu ești bărbat, te îndrăgostești mai rar, poate că îți e greu să înțelegi ce-ți spun. Dar marea majoritate dintre noi, dintre femei, credem în povești frumoase cu prinți pe cai albi. Și uneori primim un broscoi călărind o mârțoagă ce stă să moară. Poate că, tot uneori, asta merităm – sunt zile și zile, perioade și perioade. După ce trece și vremea broscoiului, un timp credem că s-au terminat prinții, ca mai apoi să ne redăm singure speranța.

- Dar ce, femeile sunt fără cusur? o întreb uşor iritat.

- Nu neg că suntem şi noi nemernice. Doamne fereşte, ar fi o minciună gogonată! Să ştii de la mine că, de cele mai multe ori, dracul este femeie, dar nu orice femeie, ci una dezamăgită, cu sufletul amărât. Iar unii dintre voi, bărbaţii, nu ar trebui să fiţi victimele femeilor, dar de, cum spuneam la început: uneori mai ţine şi de noroc.

A făcut o pauză, după care a continuat:

- Uneori, cerem prea mult şi facem prea puţin. Ne alintăm, ce vrei? Ştiu că te gândeşti că prea multă alintătură strică şi nu greşeşti. Ţi-am zis că de la atâta dragoste, ne pierdem creierul. De fapt, îl transferăm – în partea stângă, la inimă, şi între picioare. Şi nouă ne place să ne-o punem cu bărbatul pe care-l iubim – restul contactelor de până atunci au fost fie de nevoie, fie de curiozitate, fie din plictiseală. Dar când te dezbracă bărbatul pentru care ai renunţa la porţia zilnică de ciocolată, ei bine, atunci îţi doreşti să te ţină cât mai mult în pielea goală, să fie cât mai mult sub tine, peste tine, în lateral, în spate, în faţă, peste tot.

Eram impresionat de expunerea ei. Cu siguranţă, nu erau cuvinte goale. Ştia ea ce ştia.

Am mai rămas tăcuţi preţ de câteva minute, după care m-am îmbrăcat, am sărutat-o în pragul uşii ş-am plecat spre casă. Eram fericit. Nu ştiu care or fi celălalte motive, dincolo de cel evident. M-am gândit, pe drum, că nu ar trebui totuşi să mă ataşez, că dacă se satură de mine şi-l vrea pe altul se lasă cu rupere de suflet. Ş-am auzit că doare. Or, mie nu-mi trebuie durere de la o vârstă aşa fragedă. În timp, am realizat că cel mai bine este să ţi-o iei în barbă atunci când eşti tânăr, atunci înveţi cel mai repede şi, în viitor, ştii cum să acţionezi.

Am ajuns acasă. Obosit. Am mâncat, am făcut duş, am schimbat două vorbe cu ai mei şi m-am pus la somn. Nu i-am mai scris nimic în seara aia.

Simțeam că nu mai aveam ce, că-i spusesem atât cât am avut de spus. Așteptam să o văd.

Următoarea săptămână a decurs la fel ca primele zile. Singura schimbare este că am făcut sex de încă trei ori, ceea ce se resimțea și-n modul în care făceam față lucrurilor ce se întâmplau în pat. Și, o dată, pe covor.

Da, ne-am văzut zilnic, fără să simțim că este prea mult. Ne-am simțit bine unul în compania celuilalt și, în ciuda frigului, noi eram tot mai calzi unul față de celălalt. Până-ntr-o zi, când totul s-a schimbat la 180 de grade. Fără motiv, fără explicații, doar cu o concluzie.

Ne vedem în locul obișnuit. Dau să o sărut, iar ea întoarce obrazul și, imediat, îmi spune că vrea să vorbim ceva. Îi citeam neliniștea în glas, iar pe a mea o simțeam în suflet. Tremuram ca fraierul, ce să-i fac?

- Spune, Andreea!

- Vreau să ne despărțim!

- Ce?! o întreb cu ochii cât cepele. Mă aşteptam la ceva nasol, dar nu la mama lucrurilor naşpa. Stai aşa, de ce?

- Că aşa simt. Vreau să rupem orice legătură, să ne vedem de ale noastre și să uităm că ne-am cunoscut.

Mirosea a telenovelă deja. Și de uitat, n-am cum că nu sufăr de Alzheimer.

- Nu-mi poți da o explicație?

- Nu, iartă-mă, chiar nu pot.

Simțeam că totul se frânge-n inima mea de puştan. Că lumea se clatină și-mi cade pe speranțe, năruindu-mi-le. Oare cu ce am greșit? Deși simțeam că mă scurg spre dracu' știe unde, i-am spus un simplu „bine”. Atât, un căcat de „bine”. M-am întors, fără să o mai privesc și m-am cărat acasă, unde am început să plâng mai ceva ca un copil care nu-și primește jucăria dorită de Crăciun. Ai mei și-au luat panică, au făcut comitet pentru situații de urgență, dar au reușit să scoată prea puțin de la mine. M-au lăsat în pace, în cele din urmă.

Mă tot întrebam care să fie motivul și de ce nu a fost în stare să-mi explice, câtuși de puțin, decizia pe care o luase. Corect ar fi fost să știu și eu. Atât, să știu, nimic mai mult. Nu m-aș fi opus, căci nu-mi stă în cale să mă pun în calea fericirii cuiva. Știu că citind cele cinci rânduri de mai sus, vei gândi că nu am luptat suficient, dar să lupți pentru dragoste, nu înseamnă să te târăști prin noroi de dragul persoanei, ci să accepți și să lași timpul să decidă dacă într-adevăr este dragoste sau a fost doar o etapă.

Simțeam că-mi fuge sufletul din mine să-i ceară explicații, să-i ceară să-l primească înapoi în mâinile ei. Și dacă ar putea să-mi fugă sufletul din trup, eu nu l-aș lăsa. Consider că s-ar face de rușine, or, nu am nevoie de astfel de lucruri – poate din mândrie, orgoliu sau mai știu eu ce altceva.

Timp de o săptămână, am fost o umbră, seară de seară, gândindu-mă la ea, închipuindu-mi fel şi fel de motive pe post de explicaţii. Niciunul nu mi se părea suficient de puternic încât să o determine să renunţe la mine, la relaţia pe care o aveam. Am avut baftă că începuse şcoala şi mai ieşeam din rutina asta, dar doar până când ajungeam acasă. Apoi intram în aceeaşi transă de rahat.

Într-o zi, îmi scrie un prieten că a văzut-o cu fostul ei de mână, prin liceu. La dracu', acum avea sens totul! Oricât de hotărâtă voia să pară, în sufletul ei era cu totul şi cu totul altul, în niciun caz eu. Probabil că şi atunci când ne-o trăgeam se gândea la el. Într-un fel, m-a ajutat ce am aflat, căci mi-am mai revenit şi mi-am dat seama că-mi doresc o fată care-şi doreşte cu totul şi cu totul altă persoană decât a mea.

Peste alte două zile, primesc un mesaj pe Yahoo Messenger. Era de la ea. Îmi cerea să ne vedem, vrea să-mi spună ceva. Mintea-mi spunea să o ignor, dar sufletul i-a luat-o înainte şi a făcut mâinile să scrie un „Ok, la cât şi unde?”. La dracu’, Adam! Tocmai ai luat premiul pentru cel mai prost individ! Bravo!

„La 6, acelaşi loc dacă nu este vreo problemă”. Aşa a rămas, la ora 6, acelaşi loc. M-am dus să fac duş, m-am îmbrăcat şi am plecat spre ea. Am ieşit puţin mai repede din casă pentru a-mi limpezi gândurile. Mai aveam jumătate de oră până să ne întâlnim. Cele 30 de minute au însemnat discuţii închipuite, explicaţii posibile şi decizii probabile.

O văd că vine. Are capul plecat, parcă de greutatea discuţiei ce urma să aibă loc. Mi-am spus să par indiferent, deşi nu-mi stă în caracter.

- Bună, Adam!

Nu m-a privit în ochi, aşa cum o făcea în alte dăţi.

- Bună, Andreea! îi răspund sec şi rece.

- Aş vrea să încep prin a-ţi cere iertare pentru cele petrecute. Nu a fost deloc frumos din partea mea şi regret că s-a întâmplat aşa.

- Da, bine, însă acum nu ştiu dacă mai au rost scuzele și părerile de rău. Oricum, răul a fost făcut, așadar ...

- Ştiu, vreau doar să fiu împăcată cu mine, că mi-am cerut iertare față de tine, că ți-am spus că regret. Aş vrea, deşi ştiu că este puțin probabil, să-mi dai o şansă pentru a mă revanşa față de tine.

Când ajungi în punctul ăsta, să nu faci ca mine, ci exact pe dos. Şansele pe care le dai, de cele mai multe ori, sunt asemenea bumerangurilor – se întorc împotriva ta și te lovesc mai tare.

- Ok, te ascult! Ce vrei să spui prin a te revanşa față de mine? Ce presupune această revanşare?

Câteva momente de tăcere ce au fost sparte de ea:

- Vreau să ne împăcăm. Te vreau înapoi.

Îmi venea să râd și să-i spun cât de nenorocită poate fi. Voiam să-i spun că ştiu că se împăcase cu fostul ei iubit, că este o ipocrită și că probabil i-a făcut vânt ăla și, din lipsă de altceva, s-a întors la mine. Însă, tot ce am putut să spun a fost un bine. Atât, un „BINE!”. Dar, n-am regretat și-o să vedeți de ce. Uneori, chiar și deciziile proaste pot deveni adevărate lecții dacă știi să le privești astfel. În cazul meu, n-a fost o lecție, ci, mai degrabă, o ușurare pentru anii ce au urmat.

Părea fericită că am fost de acord să ne împăcăm. Eu mă simțeam gol, inert, indiferent la ce se întâmpla în fața ochilor. Ea părea să nu observe sau, mai bine zis, nu voia să observe că mă lasă rece bucuria ei de moment.

Am urcat la ea după scenariul tipic – ai ei nu erau acasă. Ne-am pus-o. Și asta m-a lăsat la fel de indiferent. Am simțit că ea mă simțea impasibil, apatic pentru felul în care m-a cunoscut. Dar, a ales să tacă și cred că a ales bine. M-am îmbrăcat și-am plecat acasă.

Înainte de a adormi, când ești în pat, te cuprind toate cele întâmplate în ziua respectivă și cele ce ți-au rămas nerezolvate. Eu doar mă întrebam de ce nu o mai vreau după ce am dorit-o din tot sufletul. Mi-am zis că poate din cauza durerii, am devenit imun la vrăjile ei. Puneți în ghilimele cuvântul *vrăjile*. Mi-am zis că poate se va aprinde focul și că vom fi bine. Mi-am zis multe în acea noapte, atât de multe încât am adormit pe la 4 dimineața. Știam că a doua zi, la școală, voi fi asemenea unui zombie. Nu conta, voiam să-mi rezolv nelămuririle. De unul singur, căci eu nu mă voi minți niciodată. Sau așa credeam atunci, că față de mine voi fi mereu sincer.

Ne-am văzut iar. Pur și simplu, prezența ei nu mă mai mișca la fel ca înainte. De fapt, parcă nu mă mai mișca deloc. Ceea ce nu-mi plăcea, căci este frustrant să fii împreună cu un om față de care nu simți nimic, dar te enervează totul. Este frustrant și obositor.

Gura mi-a luat-o pe dinainte.

- Andreea, nu merge între noi, nu mai simt nimic din ce simțeam cândva. Cred că plecarea ta m-a dat peste cap și cred că m-a făcut să simt golul pe care-l simt acum.

- Hei, Adam! Stai, gândeşte-te puţin, cred că e normal să simţi aşa. Nu lua decizii pripite, te rog.

- Nu iau decizii pripite, iau decizii pe care mi le cere sufletul. Îmi cer scuze, îmi doresc să ne despărţim. Cel puţin, eu ţi-am dat un motiv pentru care noi doi o luăm pe drumuri diferite.

M-am întors şi am plecat spre casă. Acelaşi drum, dar parcă o altă stare, de uşurare, de data asta. Cred că aşa este cel mai bine pentru amândoi. Deşi, omule, nu uita că tu eşti cea mai importantă persoană pentru tine! Dacă tu eşti bine, le poţi face bine şi celor din jur.

Şi-aşa s-a terminat relaţia cu Andreea. A urmat relaţia cu Diana. Fadă, lipsită de orice, inclusiv de sex. Tipa era virgină pe atunci, ceea ce-i de înţeles de ce nu a vrut să mă lase să-i intru între picioare. Avea principii, deşi cam şubrede, dar e de lăudat. N-a durat decât vreo patru zile. Eu eram în goana după experienţă sexuală, aveam impresia că asta este cel mai important lucru în ceea ce priveşte femeia. Să ştii cum să i-o pui. Oricum, gândeam copilăreşte.

A urmat Monica, fata din blocul de peste drum, alături de care am trăit nişte experienţe mişto. Sexuale, nu spirituale. Am folosit ce învăţasem cu Andreea şi am fost lăsat să experimentez chestii noi în voie de către noua mea iubită. Ea doar gemea, uneori aveam impresia că nici nu-i acolo, dar auzeam un geamăt şi realizam că este sub mine. Nu era implicată sau nu ştia să fie, dar nu era o problemă pentru mine, căci pe mine mă interesa să experimentez poziţii, ritmuri, adâncimi, atingeri. Ea era mai mult ca o păpuşă gonflabilă – n-o jignesc – dar ne vedeam doar să facem sex.

Apoi a urmat o perioadă de secetă, cea în care învăţasem pentru examenul de admitere la liceul mult dorit. Nu contează ce liceu, că nu-şi are loc în poveste. Da, dacă sunteţi curioşi, am fost admis al 57-lea din 80.

Și uite că a venit vara, perioada aia în care te îndrăgostești de 10 ori pe zi și trăiești cele mai frumoase momente.

Am cunoscut-o pe Carmen, o tipă înaltă, brunetă, cu ochi căprui, amuzantă și plină de viață. Desigur, primele convorbiri au avut loc pe internet, căci nu aveam un grup comun de prieteni.

Într-o seară de iunie, am ieșit la o plimbare. Cât o așteptam, căci eu mereu ajungeam cu cinci minute înainte (cred că e ceva înnăscut, pentru că și acum, după opt ani, tot așa ajung), simțeam că mă cuprind emoțiile. Băi, era frumoasă, adică era pe gustul meu, standardele de frumusețe diferind de la un om la altul.

- Bună, Carmen! Adam, încântat!

- Bună! Încântată, de asemenea! Și lângă salut a atașat un zâmbet larg care am simțit că-mi înmuiau genunchii. Ca atare, am rămas cu gura căscată și ochii la ea, ca un tembel.

- Hai să ne plimbăm, îmi spune, spulberându-mi visarea.

- Da, da, desigur!

Ne-am tot plimbat şi-am tot vorbit despre chestii banale - şcoală, planuri de viitor după terminarea liceului, hobby-uri, lucruri de acest gen. În cele din urmă, ne-am oprit pe o bancă.

- Dacă te îndrăgosteşti de mine, ce vei face când vei pleca la liceu? mă întreabă ea.

Am uitat să menționez, liceul era în alt județ decât cel în care locuiam.

- Păi, nu ştiu, vom continua ce vom începe. Dacă vom începe. Ce, relațiile la distanță nu țin?

- Nu ştiu, nu am mai avut o astfel de relație. Am auzit că depinde de oameni.

Nici măcar nu ne-am sărutat şi ea mă întreba ce voi face dacă mă îndrăgostesc de ea şi apoi plec la liceu. Habar n-aveam, oricum slabe şanse să se mai prindă curând dragostea de mine.

- Serios, ce se va întâmpla cu noi? insistă ea.

- Carmen, nici măcar nu suntem împreună şi este abia începutul verii. Nu ştiu nici ce-mi rezervă ziua de mâine, dar cea de peste trei luni. Hai să trăim prezentul și când ajungem la acel moment, vedem cum facem. Sau vedem dacă ajungem acolo. Altceva chiar nu știu să-ți spun, oricât de mult ai dori să te asigur că va fi bine, că voi fi al tău. De ce vrei să-ți spun minciuni? N-o voi face.

- Da, ai dreptate, a spus, parcă șoptit.

Se gândea la ceva, simțeam asta, așa că am întrebat-o la ce anume îi stă mintea.

- Mi-e teamă să nu sufăr.

- Cui nu-i este?

- Nu știu. La asta mă gândesc. Îmi placi, recunosc, dar dacă nu va fi un happy end, ce vom face?

Nu ştiu de ce, şi acum, mai am impresia că tipa voia să ne căsătorim doar cât să se asigure că nu va suferi. Mă speriase puțin cu gândirea asta, căci eu eram obişnuit cu altfel de mentalități. Puțin mai libertine, aş spune.

Tăcere. Ne priveam unul pe celălalt. Eu eram copleşit de complexitatea gândurilor ei, ea, probabil, de incapacitatea mea de a-i oferi asigurări. Am dat să o sărut, dar şi-a tras capul şi mi-a zis că încă nu e cazul. În sinea mea, îmi spuneam să plec, să o las, pentru că nu aveam timp de dramele uneia care, cel mai probabil, se uita la telenovele. Dar, ceva mă ţinea acolo, fix, pe acea bancă.

- Vreau să merg acasă! îmi spune, aproape ordonându-mi ca un comandant de oşti.

- Ok, hai să mergem, îi spun mirat şi surprins.

Am dus-o acasă şi, de atunci, n-am mai văzut-o. A fost cea mai ciudată experienţă a mea de până atunci. Nici astăzi, n-am înţeles care a fost problema. Carmen nu mi-a mai scris, nu mi-a mai răspuns şi, după vreo două luni, s-a mutat în alt oraş, aşadar nu am mai văzut-o nici măcar întâmplător.

Restul verii a fost o huzureală ieftină, în care tot ce am făcut a fost să adun experienţă. Uneori, experiența nu-ți va folosi la nimic dacă nu ai unde să o pui în practică.

II.

„Vreau să-ți spun ceva: când alegi să-i rupi cuiva sufletul în bucăți, ar fi bine să te pregătești pentru ce va urma să vină. Roata vieții se întoarce pentru fiecare dintre noi."

„Într-o zi, cineva îți va alunga doar cu o îmbrățișare și un sărut tot ceea ce te macină!"

Ș-am plecat la liceu. Oameni noi, mediu nou, regim de internat. Ai mei, inițial, n-au fost de acord, dar, în cele din urmă, au înțeles că este vorba de viitorul meu și m-au susținut până în pânzele albe.

Încă de la început, deși eram în clasa a 9-a și vreo două tipe din a 12-a au pus ochii pe mine. Arătau binișor, ca să fiu sincer. Se putea și mai bine, însă nici eu nu eram vreun Făt Frumos, să fim serioși.

Aici am cunoscut-o pe Cristina, una dintre cele două din clasa a 12-a. Tipa era înaltă, avea sâni mari, fund puțin cam plat pentru gusturile mele, ochi căprui și mari și un zâmbet cât China. Și nu, nu exagerez.

Prima data, m-a abordat pe holul de la clase, într-o zi de miercuri parcă. M-a întrebat chestii banale, de genul dacă îmi place, dacă m-am obișnuit, dacă mi se pare greu, bla, bla-uri. Eram de nici două săptămâni în locul ăla, așadar era devreme pentru concluzii pripite.

Partea interesantă era că la liceul ăsta se organiza seară de film vinerea. Și ghiciți cine m-a invitat? Evident, Cristina! Eu, recunosc, nu m-aş fi gândit să o invit. Am acceptat şi uită-ne în sala mare, alături de încă vreo 300 de suflete. Pe timpul filmului, n-am vorbit mai nimic. Era unul de groază, țin minte şi acum. Ea tresărea aproape la fiecare scenă, ceea ce, în sinea mea, mă amuza puțin.

După film, am rămas să vorbim.

- Adam, poate că ți se pare deplasat, dar eu sunt mai directă. Te plac!

La dracu'! N-am anticipat-o venind chiar aşa direct, asemenea unei directe din box.

- Aaa .... Ăsta a fost răspunsul meu. Știu, extrem de inspirat.

- Deci? a continuat ea.

- Deci ... ok, nu mă aşteptam, dar nu am nimic împotrivă.

Doamne, ce tăntălău puteam fi! N-am apucat să mai zic nimic, că m-am trezit cu buzele ei acoperindu-mi-le fără nicio problemă pe ale mele. Avea buzele cărnoase, pline, moi, ceea ce-mi plăcea. Aveam o senzaţie plăcută, mă simţeam oarecum fericit că am reuşit să-mi găsesc deja o iubită.

Când şi-a desprins buzele, zâmbind, mi-a spus:

- Săruţi bine!

- Te aşteptai la altceva?

După care am izbucnit amândoi în râs. Începeam să mă simt mai stăpân pe mine, aşa cum îi stă bine unui băiat.

- Am o curiozitate, Adam. Cum arată cea mai frumoasă femeie pentru tine?

Knock-out. Niciodată nu m-am gândit la o descriere anume pentru cea mai frumoasă. Dar, slavă Domnului, că mă descurc la cuvinte, chiar dacă nu se observă mereu.

- Cea mai frumoasă femeie, în viziunea mea şi doar a mea, căci nu toţi avem aceleaşi gusturi, este acea femeie pe care o am pe lista de cuceriri şi pe care mă chinui aprig să o obţin. Însă, nu atât de aprig încât să mă plictisesc aşteptând.

- Interesant. Părea prinsă. Continuă, te rog!

- Este tipa aia pentru care aştept a doua zi să o văd, să o simt aproape, să-i simt răsuflarea. Ea este cea care poate să îmi înmoaie picioarele şi sufletul, fără să se pisicească, fără să apeleze la cuvinte pe care nici ea nu le crede. Cea care-mi provoacă inima să bată mai repede şi sângele să circule ca un nebun prin vene.

Habar nu am de unde le scoteam. Spuneam exact ce simțeam și gândeam. Pentru prima dată, aveam o definiție pentru cea mai frumoasă femeie.

- Am observat că fetele se tot plâng că nu au cu ce se îmbrăca, ceea ce mă scoate puțin din minți. Ei bine, cea mai frumoasă femeie nu se plânge că nu are cu ce se îmbrăca, deşi dulapul îi este burduşit de haine, care mai de care. E tipa aia care poate ieşi până la magazin şi nemachiată, şi-n pijamale, şi nepieptănată. Care-şi ştie frumuseţea de dincolo de machiaj şi care nu este intimidată de coşul de pe frunte.

- Mai ai? mă întreba curioasă. Habar nu am de ce nu mă lăsa să termin, căci era evident că mai aveam de spus. Dacă tot am început, lasă-mă să termin.

- Îmi imaginez că cea mai frumoasă femeie va fi cea care mă va trezi dimineaţa, îngrijorată că aş putea întârzia a mia oară la muncă, riscând să-mi supăr şeful. Acea femeie care, în weekend, după ce ne trezim se ghemuieşte lângă mine şi-şi lasă capul să-i zacă pe pieptul meu.

- Aşa departe gândeşti, Adam?

- Vrei un răspuns serios sau unul doar cât să spun ceva, Cristina?

- Unul serios, vă rog!

I-am simţit ironia.

- Cea mai frumoasă femeie este sinceră, indiferent de caz, nefiindu-i teamă să piardă oameni care nu suportă adevărul. Ştie că adevărul nu înseamnă neapărat frumos, ci doar adevărul.

- Momentan, atât, îi spun.

- Foarte matur pentru un tip de 15-16 ani.

- Ce pot să spun? Am avut de la cine învăța.

Am izbucnit amândoi în râs, pentru a doua oară în acea seară. Era rândul meu să o întreb ceva și să par intersant:

- Ce parte a corpului îl doare cel mai tare pe om? o întreb.

- Joci dur! Sufletul! îmi răspunde vocea ei caldă.

- Cum așa?

- Ai văzut vreodată un om al cărui suflet este făcut bucăți-bucățele?

Mă gândeam la mine, după ce Andreea se despărțise de mine.

- Da, câțiva, îi răspund.

- Şi cum ţi s-au părut?

- Nu ştiu, nu m-am gândit la asta, îi răspund. Chiar nu am stat să analizez cum arată un om supărat.

Mai degrabă, am încercat să-l ajut cât mai repede cu putinţă. Şi-n cazul meu, am încercat, fără succes, să mă ajut. E mai uşor să-i ajuţi pe alţii decât propria persoană, îmi zic în sinea mea.

- La femei se vede cel mai adesea durerea asta. Bărbaţii, în natura lor, o ascund mult mai bine – o ascund într-o beţie cruntă, într-o noapte de sex sălbatic cu una pe care abia au cunoscut-o. Femeile, în schimb, sunt ca nişte cărţi deschise. Prea puţine dintre noi au capacitatea bărbatului de a disimula durerea.

- Şi cum arată o astfel de femeie? o întreb curios.

- Ca o toamnă.

- Ha?

- Da, ca o toamnă. Uscată de speranțe, cu regretele verii ce tocmai a trecut întipărite în străfundul ființei ei.

- Dar toamna are o culoare frumoasă!

- Așa este, dragul meu, dar eu nu ți-am spus cum arată la exterior o femeie, ci cum se simte-n sinea ei. Desigur, femeia poate fi foarte frumoasă chiar și atunci când sufletu-i amărât de durere. Dar, atenție, prea multe toamne-n suflet se vor simți, la un moment dat, și pe chip. Durerea sapă-n tine puțuri adânci prin care, tot mai tare, curge deznădejdea și disperarea.

- Și crezi că femeia nu caută alinare, asemenea bărbaților, în alte brațe?

- Ba da. Dar, exact ca-n cazul vostru, al bărbaților, nu face nimic altceva decât să-și prelungească agonia. Durerea de suflet este aiurea. Când crezi că ai scăpat, te apucă și mai puternic.

- Trebuie să existe un remediu și pentru asta.

- Desigur că există. Se numeşte acceptare şi răbdare. Timpul şi mintea deschisă îţi vor permite să mergi mai departe. Ş-aici, ca-n multe alte situaţii, graba, de cele mai multe ori, strică treaba. Iar cu sufletul nu-i de joacă. Gata cu vorbitul, ia-mă în braţe şi sărută-mă!

Am sărutat-o fără să-i mai spun că ştiu cum e cu durerea, căci nu mai avea sens. Capitolul era închis, aşadar şi trecutul a fost lăsat în urmă.

Am plecat amândoi la somn, urmând ca următoarea zi să ieşim la o cafea în oraş. Aşadar eram într-o cafenea micuţă şi intimă. De nicăieri (nu ştiu de ce am avut parte de fete aşa directe), aud:

- Mai eşti virgin?

- Nu, îi răspund cu ochii mari.

A zâmbit.

- De ce întrebi?

- Eram curioasă.

- Ok. Povesteşte-mi despre tine, Cristina. Orice.

- Nu ştiu cum să încep. Bănuiesc că nu vrei să-ți prezint CV-ul.

- Nu, nu. Sunt curios, mai mult, de cum gândești. Cum vezi iubirea?

- Eu nu pot vedea singură iubirea pentru că acea iubire de care mă întrebi tu nu este descoperită de unul singur. Pentru a o vedea ai nevoie de cineva. Dacă mă întrebi despre iubirea de mamă, tată, soră, frate sau cățel, ți-o pot descrie cu uşurință. Dar dacă pe tine te interesează iubirea dintre un bărbat și o femeie, ei bine, acea iubire este de fiecare dată alta, în funcție de bărbat, în cazul meu. Dar totuși, cred că un atribut îl știu deja: necesară. S-a uitat la mine și a zâmbit.

- În viață nu există doar o singură iubire? o întreb. Râde cu poftă și nu înțeleg de ce. Continui și-i spun că singura iubire este aceea pe care o vei ține toată viața lângă tine.

- Evident că nu! protestează ea, gesticulând un *nu* din mâini. Cum poți spune un asemenea lucru? În viață vei iubi de multe ori. Ceea ce se schimbă este maturitatea iubirii. Prima este iubirea-copil, iar ultima iubirea-adultă. La 16 ani iubeşti pasional, dar te gândeşti cum să mai săruţi şi alte fete, la 20 iubeşti pasional şi puţin responsabil, dar te gândeşti cum poţi să ajungi în patul altora, la 25 iubeşti raţional, dar te gândeşti cum să săruţi şi să ajungi în patul altei femei. Abia după 25 de ani, poate chiar 30, iubeşti pasional, raţional, responsabil şi te gândeşti cum să o faci fericită doar pe ea. Vorbesc de bărbaţi pentru că eşti bărbat. Desigur, mai sunt şi excepţii, dar dacă te uiţi în jurul nostru, marea majoritate se potrivesc schemei. Cel puţin, aşa văd eu lucrurile.

Cred că avea dreptate şi niciodată nu am fost atent la acest aspect. De fapt, nu aveam de unde să ştiu până atunci. Probabil că, evoluând, te schimbi odată cu vârsta - la început vrei cantitate, iar mai apoi calitate.

Începeam să cred că aş putea vorbi cu ea secole şi tot nu aş putea să îi cer să se oprească, cu toate că, uneori, bărbaţii se satură de gura femeii. Îmi plăcea fata asta. Și nu puțin, însă nu totul are un final fericit.

Așa-i viața, cu bune, cu rele, dar orice ți s-ar întâmpla, nu da înapoi, ci învață. Să nu fii nepăsător, căci vei vedea cât de mult contează lecțiile pe care viața ți le oferă.

- Am înțeles ce spui. N-aș fi văzut lucrurile așa, dar uite că, uneori, îți este dat să întâlnești oameni de la care ai ce învăța. I-am zâmbit.

- Mă bucur să aud asta!

M-a sărutat cu aceleași buze moi. Simțeam că-mi intră pe sub piele, direct în suflet. Să încep să iubesc? Nu, nu cred că e iubire, ci doar o fericire de moment.

Ne-am întors în liceu și am rămas la povești până la miez de noapte când ne-a răpus somnul.

Ajuns în pat, mă gândeam la ce-mi spusese ea despre prima iubire din viața noastră, dar din perspectiva unei femei. Ea a avut-o și trăit-o, eu tind să cred că încă nu am cunoscut-o. Suna asemenea unui sfat pe care fiecare femeie ar trebui să și-l dea:

Da, este prima iubire. Sunt zâmbete tâmpe ce-ți aprind sufletul, e acel bărbat pe care îl urci pe-un soclu crezând că e de neatins, cel căruia îi juri că nu-i vei da drumul niciodată, pe care îl lași să-ți pătrundă în suflet, e acel indispensabil care te ține în priză. Te recunoști? Ei bine, acum ești AICI, ești ALTA și ai în fața ta un ALTUL.

Prima iubire a fost. Nu te mai gândi la rănile ce ți s-au cicatrizat greu, ci gândește-te, cu drag, la fericirea ta de atunci. Va rămâne doar o etapă ce a desăvârșit omul frumos de astăzi.

Când începi să te maturizezi și descoperi o altă dragoste, îți dai seama că nu mai e la fel – paradisul fără margini dispare, fericirea ce părea că îți taie respirația scade în intensitate, viziunea viitorului de atunci își schimbă forma. Pare o descriere defavorabilă, însă, în realitate, nu este. Acum nu mai ești printre nori, captivată de dorințe și promisiuni, iluzii puerile și mult roz.

Eşti o persoană matură care nu ezită să urce în înaltul cerului atunci când simte că acolo îi este locul, dar mai şi coboară cu picioarele pe pământ când se anunţă furtună. Fii o persoană fericită să rememorezi trecutul, să trăieşti prezentul şi să speri la un viitor alături de EL!

Deschide ochii dimineaţa şi uită-te la bărbatul de lângă tine. Iubeşte-l responsabil în fiecare zi, gândeşte-te la el, spune-i ce simţi, deschide-ţi sufletul în faţa lui, lasă-te dezmierdată de grija ce ţi-o poartă, surprinde-l în toate felurile şi sărută-l de noapte bună. Fii o femeie matură şi nu-ţi îngreuna drumul spre fericire!

Nu tânji după prima iubire. Nu a fost o himeră, ci doar o iniţiere. Acum, ai învăţat cum să iubeşti, să dăruieşti şi să ai încredere în tine.

Fata asta este plină de surprize şi părea că a trăit încă şapte vieţi înainte. Mă surprindea plăcut, ceea ce mă făcea să mă bucur că m-a abordat, că a fost mai bărbată ca mine şi a spus făţiş ce simte.

De la ea am învățat să fiu mai direct, mai hotărât, să spun ce vreau și ce simt, fără să-mi fie teamă.

Au urmat săptămâni frumoase petrecute împreună. Da, făcusem sex. Unul bun și plin de viață. Mă simțeam tot mai aproape de ea, tot mai prins în mrejele ei. Și nu mă opuneam absolut deloc. Într-o seară, am urcat pe acoperișul liceului. Știu, eram iresponsabili, căci dacă ne-ar fi prins cineva, nu avea să iasă bine pentru niciunul.

- Ia-mă de mână, mi-a spus în timp ce-şi plimba paşii pe marginea acoperişului. Inima mi se micise considerabil. Nu ştiu ce a apucat-o să-şi joace viaţa pe-un acoperiş de liceu, pe-o margine şubredă de vreo 20 de centimetri. În jurul nostru doar negru, vântul ce se joacă printre crengile copacilor şi lumina lunii.

- Hai mai încoace, te rog! încerc eu să o conving, dar rugămintea-mi este spulberată de un dat energic din cap în semn că nu. Eşti nebună, femeie! Nu văzusem latura asta a ei până atunci.

- Îmi dai mâna? mă întreabă descoperindu-şi dinţii albi. Îi întind mâna şi sper că nu va mai continua spectacolul ăsta desprins dintr-un număr de circ.

După ce mi-a luat mâna, s-a lăsat spre hăul negru, fiind nevoit să o susţin. Clar, era nebună, îmi spuneam în sinea mea. Ea a continuat:

- Adam, am încredere, ba chiar mare încredere în tine! Mi-e teamă acum, mi-e teamă că m-ai putea scăpa şi m-aş duce naibii. Praful s-ar alege din mine! Dar ceva din interior îmi spune că mă pot baza pe strângerea ta fermă de mână. Tot aşa m-am simţit şi când m-am deschis, când mi-am dezbrăcat de bunăvoie sufletul în faţa ta, când te-am lăsat să-l atingi, să-l ţii în mână. Ţi l-am lăsat în grijă şi m-ai fi putut oricând omorî. Nu literar, ci pe interior.

- Nu am vrut niciun moment să-ţi fac rău …

- Ştiu, mă întrerupe ea. Îţi spun acum, dacă nu ţi-am mai spus, că femeia are un al şaselea simţ al naibii de bine dezvoltat. Diferenţa dintre cele care culeg furtună şi cele ca mine este că eu ştiu să-l folosesc, iar cele nefericite nu. La început, mă voiai fizic, te simțeam, şi ţi-am dat de înţeles că-ţi accept invitaţia la joc, dar ştiam că dimineaţă, după noaptea nebună şi umedă, ai rămâne să bem cafeaua împreună. Desigur, dacă ne-ar fi permis mediul ăsta de căcat.

- Bravezi! protestez eu.

- Al şaselea simţ, Adam, al şaselea simţ!

- Ştii ceva, Cristina? M-am jucat cu mintea multor fete, le-am făcut să mă dorească pentru ca mai apoi să dispar fără niciun cuvânt. Cunosc femeia suficient de bine încât să nu cred în prostia asta cu al şaselea simţ.

A început să râdă şi a coborât de pe marginea de ciment a blocului. Mi-a spus:

- Ori au fost vreunele dintre acelea care nu ştiu să-şi folosească al şaselea simţ ori te-au lăsat de bunăvoie să crezi că te joci cu ele. Femeile sunt multe lucruri, dar nu proaste atunci când vine vorba de a simţi. Şi dacă te-au dorit, nu înseamnă că ai fost bărbatul fatal, ci că aveau nevoie de un bărbat care să le facă să viseze frumos câteva zile, înţelegi tu? Câte te-au mai căutat? Prea puţine, probabil. Tocmai pentru că nu le-a păsat prea mult de plecarea ta, căci au trăit ce voiau să trăiască atunci. Dacă nici eu, femeie fiind, nu mă cunosc bine, cum poţi pretinde tu că mă cunoşti suficient de bine?

Din nou, avea dreptate, una singură s-a mai chinuit să mă întrebe de ce am plecat, dar ei i-am închis telefonul imediat după ce mi-a pus întrebarea.

- Hai să coborâm! îi spun.

- Hai să mergem la somn. A ajuns pentru astăzi. M-a sărutat și fiecare am plecat spre pavilionul în care aveam dormitorul.

Doamne, ce sperietură am putut trage! Ce-i în neregulă cu ea? Cred că nimic, doar că are un mod mai diferit de a fi decât ceea ce întâlnisem până atunci. Mâine împlineam o lună de relație, o lună în care eu învățasem câte ceva despre fete ori femei. Felicitări, Adam!

Când mă uit în jurul meu văd multe cupluri, diferite de mine și Cristina, care abia-abia mai rezistă, care şi-au uitat fericirea undeva pe-o bancă, care-şi vorbesc urlând, care trântesc în loc să se aşeze lucrurile, care se acuză în loc să se susţină. Ea plânge, el înjură şi invers. Cupluri care trăiesc în doi de teama singurătății şi din obișnuinţă, care au uitat cum este să te mai priveşti şi-n suflet, nu doar în ochi.

Şi pentru ce?

Pentru un sentiment fals de siguranţă? Pentru o îmbrăţişare, un sărut, o masă caldă, un pat cald, sex şi mai ştiu eu ce? Toate astea le poţi avea şi cu un străin şi poate că nu ai mai fi atât de nefericit. Cât de multă nefericire îşi poate provoca singur omul!

Ştii că a comis-o, eşti sigur, uneori chiar ai văzut cu proprii ochi, dar tot simţi nevoia să-i demonstrezi celuilalt că a comis-o, să ai un motiv temeinic să pleci. În loc să plecăm, dacă asta ne şopteşte sufletul, ne consumăm să demonstrăm teorii, să demonstrăm că femeia sau bărbatul care te-a dezamăgit echivalează cu suma viselor şi speranţelor spulberate. Sufletul nu este matematică.

Cât de des ne ghidăm după clişee – nu poţi pleca aşa, doar pentru că nu mai simţi, nu poţi pleca fără să argumentezi ieşirea ta pe uşă şi adio-ul spus răspicat. Te mai întrebi dacă nu cumva ar fi păcat să dai cu piciorul timpului petrecut împreună şi poate că mai bine rămâi. Cine spune că nu poţi şi ce-ţi spune sufletul? Să stai şi să plângi în pumni aşteptând un motiv pe care-l poţi dovedi sau să pleci pentru că nu mai este fericire acolo unde te afli? Ne sabotăm singuri orice şansă de a fi fericiţi şi singuri alegând să fim nefericiţi, dar în doi.

Eu cred că trebuie să pleci atunci când aţi început să priviţi în direcţii separate şi ştiu că, în sinea ta, se naşte o contradicţie atunci când sufletul îţi cere să pleci, dar mintea-ţi spune că te va ucide singurătatea şi poate că cel care va urma nu te va face la fel de fericit. Dar, nu-i aşa!

Aşadar, ascultă-ți sufletul și fii fericit cât mai mult! Ai o singură viață și ar fi păcat să o iroseşti doar pe prostii.

Am hotărât să ne petrecem weekendul în oraş. Aşadar, ne-am cazat la pensiune, am luat câteva sticle de vin și câte ceva de mâncat.

Am deschis sticla de vin. Torn în pahare, îmi aprind o țigară (între timp, m-am apucat de fumat) și-o aud, din senin, cum îmi spune:

- Dacă femeile s-ar schimba, bărbații vor fi obligați să o facă și ei!

- Nu-nțeleg. La ce te referi? o întreb curios.

- Dacă toate femeile ar fi doamne cu principii solide, n-ar mai exista toți mitocanii de care se tot plâng femeile în zilele noastre. Când îi dai aripi porcului, fii sigur că va zbura!

- Care-i legătura dintre doamne cu principii şi mitocani?

- Una extrem de simplă: bărbatul face şi femeia tace. Tace ca proasta în loc să-i spună dobitocului să-i transmită lu' ta-su' că a crescut un idiot. În loc să pună piciorul în prag, femeia își pune mâinile la urechi și se face că nu mai aude. Ș-uite așa se învață prost bărbatul, așa devine mitocan și perpetuează mitocănia în lumea lor. Dacă o să am un fiu, am să-i explic că dacă vrea doamne, mai întâi trebuie să fie el domn. Iar dacă voi avea o fată, îi voi spune că trebuie să aibă principii dacă visează să întâlnească bărbatul viselor ei. În caz contrar, să nu-i aud că se plâng, că o merită din plin!

- Exagerezi puțin, îi spun eu. Nici femeia nu se lasă mai prejos, așa că nu mai da vina doar pe bărbat.

- Nu spun că n-ai dreptate, dar n-ai să vezi prea des femei care să bată bărbați, care să vină acasă mirosind a borhot și cu chef de scandal, care să adoarmă de la aburii alcoolului uitând că trebuie să-i pregătească pe copii pentru a doua zi, care să se uite la telenovele și să nu-și ajute bărbatul. Femeia, de cele mai multe ori, greșește când minte sau se răzbună – atunci e sub influența prostiei. Crede-mă, știu astfel de cazuri, chiar dacă nu le-am trăit pe propria piele – am prietene, am cunoștințe care trăiesc exact cum îți descriu eu.

O ascultam. Voiam să înțeleg ce spune.

– Dacă femeile s-ar schimba, bărbații chiar n-ar avea încotro. Ori ar deveni tipi cu bun simț și maniere, ori ar muri singuri. Și nu cred că este vreunul care să-și dorească să moară singur, nealintat de mâna femeii.

Simt nevoia să intervin.

– Dă-mi voie să-ți spun ceva, draga mea. Sunt de acord cu tine, dar nu vezi și o altă latură. Dacă femeile s-ar schimba și n-ar mai dezamăgi bărbați, nu și-ar mai crea singure o imagine și-o reputație ce lasă de dorit, majoritatea bărbaților nu ar mai avea ce condamna. Desigur, vor fi câțiva care, indiferent de situație, vor găsi pretexte să înjosească femeia. Oricât am încerca să negăm, depindem unii de alții.

Am tăcut amândoi. Mi-am aprins o țigară și o priveam. Pentru prima dată, puteam spune că e frumoasă. De fapt, pentru prima dată am simțit asta. Și i-am spus. Ș-a zâmbit larg.

După o altă săptămână, ne-am despărțit. De această dată, decizia mi-a aparținut. Am luat-o pentru că nu voiam să ajung să simt mai mult, nu voiam să mă atașez de cineva. De iubit, nici nu se punea problema. A plâns, m-a rugat să mă mai gândesc. Am rămas impasibil. Partea nasoală pentru ea, o bună bucată de timp, a fost că mă vedea în fiecare zi. În cele din urmă, i-a trecut. Și m-am bucurat să știu asta și să văd că și-a găsit fericirea în brațele unui băiat care o aprecia cu adevărat.

Știu, a fost o prostie din partea mea. Dar, așa cum se spune, orice bărbat a pierdut din prostie o femeie. În acest caz, bărbații se împart în două categorii: cei care au puterea să recunoască şi cei care mint pentru a părea perfecţi. Orice bărbat a pierdut cel puţin o femeie din prostie – poate că se trage de la vârstă, ori poate că aşa-i el.

Orice bărbat a pierdut o femeie pentru că nu a fost suficient de deştept încât să-i înţeleagă nevoile. Le ştia doar pe ale lui şi credea că-i de ajuns. Şi-a deschis mai mult şliţul decât urechile. A pierdut-o crezând cu naivitate că sexul rezolvă orice. Ce să vezi?! Rezolvă doar hormonii, nu şi neliniştile sufletului.

Alteori, a înţeles prost ce înseamnă vorbele „dacă mai faci încă o dată, voi pleca" pentru o femeie. A mizat că-s ameninţări goale, dar a fost o plecare definitivă. N-a înţeles că femeile nu se joacă cu plecatul – de cele mai multe ori, femeia nu este adepta căii de mijloc. E mai radicală, n-ai ce-i face.

Orice bărbat a pierdut o femeie din prostie, pentru că n-a prins ideea numărului doi. Credea că se aplică doar femeii, că infidelitatea din ADN-ul lui este un alibi suficient pentru a fi iertat. N-a fost suficient, se pare.

A pierdut-o pentru că n-a înțeles că iubirea este o treabă de oameni mari, nu un joc pentru țânci. Nu seamănă deloc cu leapșa din copilărie, ci, mai degrabă, cu niște studii arhitecturale – construiești încrederea, respectul, grija, iubirea și, la final, un cămin pentru amândoi.

Nici că femeia trebuie ascultată nu a înțeles. Și așa cum el lăsat-o să vorbească singură, l-a lăsat și ea să rămână singur. N-a înțeles nici că femeia nu înșală din plăcere, ci din lipsă. Infidelitatea la femei este diferită față de cea la bărbați – femeile au lipsuri, bărbații nevoi.

Dar, nu-i o rușine să fii prost. Greșind înveți!

Eu am pierdut-o pentru că am fost prea prost să fiu curajos și să o las să-mi pătrundă adânc în suflet.

Lecții învățate

„Să iubiți cât mai mult posibil și cât mai des. Să nu vă temeți de posibilitatea că veți suferi. Pentru o fericire de-o viață, merită să riști!”

Despre femeie la general și pe scurt

Am învățat cum să mă raportez la o femeie, ce să fac, ce să nu fac, cum să fiu şi cum să evit să fiu.

Am învățat că dacă voi fi mitocan, nu voi avea nimic de câştigat. Inițial, nu am crezut, aşa că am încercat şi am cules furtună. Am remarcat că nici să ţii femeia doar în puf, să-i permiţi să se joace cu mintea şi sufletul tău, nu e bine. Echilibrul este esenţial. Mi-am dat seama că nu trebuie să renunţ la viitorul meu pentru vreo femeie decât dacă sufletul mă va implora să îl duc la acea femeie.

Nu este frumos să-ți bați joc de fete, de femei. Dacă vrei doar sex, să te asiguri că nu se ajunge la lacrimi. Unele femei mai plâng atunci când au orgasm, dar alea sunt alte lacrimi. Dacă vrei să iubești, deschide-ți sufletul şi ochii, iar, la un moment dat, te asigur, va apărea femeia care să-ți dea fiori.

Unele femei nu te vor vrea pentru ceea ce ești, ci pentru ceea ce ai. Iar dacă găseşti o asemenea femeie, ia-o la mişto şi las-o să treacă pe lângă tine. Femeia independentă financiar este o femeie care merită respect şi apreciere.

Atunci când iubeşti, să nu renunţi la luptă decât atunci când ajungi săte lupţi cu morile de vânt. Sunt oameni ce trebuie lăsaţi să plece şi nu se vor mai întoarce vreodată, nici măcar pentru o secundă.

Despre femeia puternică

O femeie puternică este cea care se remarcă dintr-o mare amorfă de femei ameţite de fuga după nimicuri ce le ţin câteva clipe, ea fiind leoaică printre pisici. Una adevărată, deşi în general femeile sunt nehotărâte, alege o dată şi bine şi ştie să aibă grijă de alegerea ei. Cu alte cuvinte, se respectă pe sine respectându-şi alegerea. O femeie puternică este asemenea unui copac vechi, cu rădăcini bine înfipte, care poate trece prin numeroase furtuni şi cicluri de anotimpuri, fără a fi clintită din loc – rămâne pe poziţii chiar şi atunci când îi sunt incomode.

O femeie puternică preţuieşte inteligenţa, nu fleacurile ieftine şi golănia. O cucereşti doar dacă-ţi alegi bine cuvintele, dacă-i produci explozii cerebrale, dacă-i eşti golan cuminte şi cu minte. Nu va avea regrete să lase deoparte bărbaţii care i se ridică până la nivelul gleznei ori al fustei. Vrea să o priveşti în ochi, de la egal la egal, să ştii cum să te joci şi cu mintea ei, nu doar cu ce are sub fustă – eventual să o faci din cuvinte să-şi ridice fusta.

O femeie puternică este însăşi scânteia care aprinde pasiuni, dorinţe, nopţi, zile, care-ţi aprinde călcâiele fără să-ţi dai seama, fără să-ţi fi arătat cu ce a înzestrat-o mama natură. N-are nevoie de decolteuri şi fuste scurte pentru a se face remarcată, ci are nevoie de câteva clipe să arate ce poate şi fără a apela la fizic.

O astfel de femeie nu se va rezuma la „oare pot?”, ci va face tot ce-i stă în putinţă pentru a reuşi şi ştie că oboseala este lenea creierului. Perseverenţa, ambiţia, determinarea, dorinţa de a se realiza prin propriile forţe sunt mărgelele ce-i împodobesc gâtul.

O femeie puternică va avea cu cine să bea vin seara şi cafea dimineaţa pentru că-şi respectă alegerile făcute şi nu se grăbeşte să aibă un bărbat dacă nu este sigură că este şi potrivit. Pentru ea nu există „fie ce-o fi", ci „fie ce vreau eu" – nu lasă aproape nimic la mâna sorţii, căci este stăpână pe prezentul ei, a învăţat din trecut şi este pregătită pentru viitor.

Despre a iubi persoana nepotrivită

Iubeşte o dată în viaţă un rău necesar, un rău care să te înveţe ce-ţi place, ce poţi accepta, ce te face fericită şi ce nu te face toate acestea. Pierde-ţi sufletul pentru o dată în viaţă pentru a învăţa cât este de preţios ceea ce porţi în piept şi cât de bun trebuie să fie un om pentru a îl merita. Este important să cunoşti Iadul, nu doar pentru aprecia Raiul, ci pentru a te descoperi pe tine.

Iubeşte un rău necesar care-ţi va vrea doar trupul, lăsându-ţi sufletul la uşa dormitorului pentru că aşa vei înţelege cât de mult contează reciprocitatea, cât este important să oferi la rândul tău. Iubeşte un rău necesar care să îţi spună doar jumătate din adevăr pentru că aşa vei aprecia valoarea unui om sincer. Unul care să-ţi fure speranţele, visurile, dorinţele şi să le ascundă atât de bine de tine încât să te simţi pierdută. Abia apoi vei înţelege şi vei aprecia eforturile celui care te va iubi sincer.

Iubeşte un rău necesar care să te oblige, după ce pleacă, să te transformi din copila ce ai fost în femeia de mâine. Unul care-ţi deschide ochii şi-ţi spune să nu crezi că tot ce zboară se mănâncă. Iubeşte un rău necesar care să-ţi arate că uneori tăcerea este mai de dorit decât nişte vorbe aruncate la nervi. Care să-ţi arate că oricât de mulţi bani ar avea un bărbat, nu îţi aduce neapărat fericirea şi liniştea interioră.

Iubeşte un rău necesar care să-şi astupe urechile când îi vorbeşti despre ceea ce te supără, aşa vei învăţa cât de important este să asculţi şi să apreciezi când eşti ascultată.

Nu cred neapărat că omul învaţă după ce a păţit-o, dar dacă are parte doar de fericire, s-ar putea să uite să aprecieze eforturile celui de lângă şi să i se pară ceva ce merită fără prea mult efort.

Despre a pierde persoana iubită

Sunt oameni pentru care lupţi să-i ţii aproape, dar care îţi aduc mai mult rău rămânând lângă tine. Sunt oameni despre care crezi că lipsa lor îţi provoacă haos în viaţă, dar pe care îi laşi ca prin prezenţa lor să-ţi ofere haosul de care îţi este atât de teamă.

Îţi e teamă să pierzi bărbatul sau femeia cu care împarţi o viaţă?

Dacă aţi ajuns să împărţiţi doar patul, nu şi momentul, doar dorinţele, nu şi realizarea lor, doar zâmbetele, nu şi fericirea, doar cafeaua de dimineaţă, nu şi sărutul de bună dimineaţa, ar fi bine să te gândeşti ce este mai bine pentru tine. Dacă aţi ajuns să împărţiţi doar cele două camere ale apartamentului, nu şi visele, visurile, speranţele ce se nasc acolo, dacă împărţiti doar momentele bune, nu şi pe cele rele, mai bine să te doară c-a plecat, decât să te doară că a rămas.

O iubire pentru care mai mult lupţi să o păstrezi vie, atât de mult încât nu mai apuci să te bucuri de timpul petrecut împreună, nu este nimic altceva decât o greutate ce apasă pe umerii sufletului tău. Există viaţă, există iubire, există fericire, există speranţă după cel care până de curând îţi era lumina ochilor şi care tocmai a închis uşa în urma lui. Dar să ştii că toate acestea nu vor exista dacă vei păstra lângă tine un om care-ţi fură ani din viaţă, în loc să-ţi dea momente de neuitat.

Există momente în care trebuie să lupţi cu toată fiinţa ta, dar există şi momente în care trebuie să te laşi învins chiar dacă înfrângerea este mereu dureroasă şi demoralizatoare. Pentru unii oameni trebuie să lupţi când şi atât cât e cazul căci dacă vei duce o luptă continuă, te vei trezi într-o zi că-ţi lipseşti ţie.

Despre trecutul care te caută

Există un timp al iubirilor necondiționate, fără „dar", fără „poate", fără „dacă". Când iubeşti iresponsabil, fără să te intereseze prea mult dacă este reciproc, cât de lungă este povestea ta, dacă se va termina abrupt sau veți fi fericiți până la adânci bătrâneți. Este o vreme a iubirilor pătimașe, de maximă intensitate, când simțurile se ascut la fiecare privire, vorbă, atingere, când simți totul până în adâncul inimii. Când totul este prezent – aici și acum.

Însă, uneori, se întâmplă ca celălalt să nu țină pasul cu sentimentele tale, cu toată nebunia clipei şi se sperie. Aşadar, alege să plece, renunţând, poate greu, poate uşor, la tot ceea ce voi aveaţi. Pune semnul exclamării la finalul propoziţiei „Eu plec". Şi dus a fost.

După o luptă ce se dă între tine şi tine, între disperare şi consolare, între regret şi resemnare, între ură şi iubire, între nervi şi pace interioară, renunţi să mai aştepţi că cel care te-a lăsat cu ochii în soare se va întoarce. Şi schimbi foaia, lăsând în urmă acel „Eu plec!". Dar la fix o secundă după ce ai decis să începi să trăieşti din nou, ghici cine apare? Desigur, trecutul!

Unii oameni pleacă, pentru a avea unde să se întoarcă. Şi, aşa cum am fost şi eu în locul celor care plecau pentru a avea unde să se întoarcă, marea majoritate sunt bărbaţi. Femeile sunt mai stabile emoţional, cu toate că ameninţă cu despărţirea atunci când sunt supărate – cele mai multe doar ameninţă, nici nu se gândesc să pună punct relaţiei. De fel, bărbaţii ameninţă mai puţin, dar o pun în practică. Aşa cum am făcut şi eu şi mare mi-a fost mirarea când am simțit să mă întorc. Desigur, mi s-a spus că nu am loc în prezentul ei.

Se întoarce la tine pentru că nu a găsit altceva mai bun, iar tu ești un fel de o soluție de rezervă. Puțini se întorc umili și la fel de puțini ți-au simțit lipsa în clipele în care nu mai erați un cuplu. Puțini se întorc din dragoste, cei mai mulți din comoditate – lângă tine aveau un loc călduț și sigur. Însă, după zilele, poate chiar lunile de lupte interioare, chiar mai vrei trecutul înapoi? Chiar vrei să-i mai dai ocazia să fie originea irosirii tale?

Pe bune, când trecutul te caută, spune-i că a greșit adresa! Profită de prezentul pe care-l ai deja și pentru care ai trecut prin foc.

Despre cum se întorc bărbații

Plecarea, de cele mai multe ori, este mult mai uşoară pentru un bărbat. Bărbaţii pleacă superficial, având impresia că au încheiat toate conturile, că nimic nu îi va face să se mai întoarcă la cea care, până mai ieri, era lumea lor. Este o plecare fără prea multe lacrimi, explicaţii; este o plecare brutală, o desprindere a bărbatului din îmbrăţişarea femeii fără ca acesta să clipească.

Bărbatul se încurajează singur spunându-şi că mai sunt suficiente femei care abia aşteaptă să îl cunoască, alături de care poate trăi fericit fie câteva clipe, fie o viaţă întreagă. Îşi mai spune că ea a fost o etapă, că a iubit-o până ce n-a mai putut-o suporta, că cea de peste drum este mai bună decât cea pe care a ţinut-o de mână o bucată bună de timp. Iese cu prietenii, bea bere, face galerie echipei preferate, merge în club şi încearcă să o agaţe pe cea pe care a pus ochii. Uneori, reuşeşte să o ducă acasă sau măcar să o scoată a doua zi la cafea, alteori pleacă având buza umflată.

Este fericit o perioadă, totul pare că revine la normal, vocea femeii ce-l trezea din visare nu mai există, certurile nu mai sunt, dar nici sărutările şi îmbrăţişările. Sexul este sex şi atât, nicio emoţie, nimic. Îşi spune că e foarte bine că măcar există şi, pe-o parte, are dreptate.

În tot timpul acesta, femeia plânge, poate că nu-n văzul lumii, ci-n sinea şi-n perna ei când, seara, se pune în pat. Se vindecă încet, dar sigur. Unele se aruncă şi-n relaţii pansament, dar ies rapid pentru că realizează că nu le ajută deloc. Chiar dacă femeia e toată un zâmbet, interiorul deplânge lipsa lui. Suferă mai mult, mai demn, mai sincer, mai corect în comparaţie cu bărbaţii.

Femeia îşi consumă durerea, bărbatul, de cele mai multe ori, o neagă sau o ascunde!

Şi tocmai din cauza negării durerii, bărbatul, după o vreme, se întoarce la cea pe care a părăsit-o. Se întoarce cu speranţe, cu noi visuri, cu noi promisiuni, însă tot ceea ce găseşte este o uşă închisă, un *nu mai vreau* ce-i sparge timpanul şi-i ajunge până-n măduva oaselor.

Femeia nu este suma sânilor, feselor, picioarelor și labiilor

Să spunem că ai în mâini trupul, mintea și sufletul femeii de lângă. Ce vrei mai mult? Dacă nu ești mulțumit, las-o să plece, poate că altul abia o așteaptă la colțul blocului, să îi ofere buchetul cu trandafiri pe care tu l-ai omis chiar și de ziua voastră.

Dacă ești veșnic nemulțumit – nu știe, nu face, nu drege, nu și nu – dar, cu toate acestea, o ții lângă tine, o ții în patul tău și o reții din fericirea pe care o poate avea în altă parte, jur, nu te înțeleg. Las-o liberă!

Iar ea, din iubire oarbă, îți rămâne fidelă. Trup și suflet, zi și noapte. Zâmbește doar la gândul că te poate ține de mână pe stradă, pe când tu poate că ai da-o pe prima care ți-ar ieși în cale. Fii suficient de bărbat încât ori să o păstrezi cum se cuvinte, ori să o lași să plece. Dacă tu crezi că cele 40 de minute de sex, devenit între timp mecanic – doar ai hormoni și unde să-i eliberezi – te fac bărbat, te înşeli! Cele 40 de minute te fac doar potent, nu şi bărbat!

Pe o femeie, hotărârea, determinarea de a lupta ori renunța, în funcție de caz, de a fi mulțumită și cu mai puțin, de a iubi necondiționat, de a te proteja cu brațele ei firave, o fac o femeie în toată puterea cuvântului. Ai auzit-o să se plângă de lipsa orgasmului în ultimul timp? Nu ți-a zis că şi-ar fi dorit să o ții în brațe în loc să te întorci cu spatele și să începi să sforăi, așa-i? Te gândești că e o proastă, uşor de manipulat, dar niciodată nu te-ai gândit că este ghidată în tot ce face de iubirea pentru tine!

Nici când ai început să-i iubeşti trupul mai mult decât sufletul, nu a făcut tam-tam. Tu făceai scandal și atunci când nu îți putea înțelege ideile, învinovățind-o că n-o duce capul. Apoi cu privirea caldă, încerca să îți explice ceea ce îți provoca ție starea asta de opăreală.

Să îți spun un secret – femeia nu este suma sânilor, feselor, picioarelor și labiilor. Femeia este suma misterelor, plăcerilor, dorințelor, visurilor, viselor – o sumă ce merită un bărbat corespunzător. Nici bărbatul din preistorie, nici cel mai apropiat de zilele noastre nu se prea plângea, ci lua sulița și se ducea la vânătoare ori purta războaie – TU vrei să-i dai o altă valoare calității de bărbat?

III.

„Bărbate, dorește-o de parcă ar fi prima și iubește-o de parcă ar fi ultima."

„Timpul nu omoară iubirea. Oamenii o fac. Timpul doar îi supune la teste – ce-i clădit sincer rezistă, iar restul se năruie."

Mă despărțisem de Cristina, așa cum v-am mai spus. Nu vă ascund că deși avea iubit, i-am trimis mesaj întrebând-o dacă vrea să ne împăcăm. Răspunsul a fost scurt – *Îmi pare rău! Prea târziu! O viață fericită! P.S.: Nu mă mai căuta vreodată!*. Cam așa a sunat mesajul ei și niciodată nu am înțeles de ce unele femei, pur și simplu, pun un zid între tine și ele după ce ați încheiat o relație. Probabil, din cauza dezamăgirii, a durerii sau a indiferenței. Totuși, cum ne putem preface că suntem străini atunci când am trăit clipe bune împreună? De câtă durere ori nepăsare trebuie să fie vorba? După refuzul ei categoric, m-am văzut nevoit să mă reprofilez.

Venise primăvara, iar eu eram la vârsta când conta doar cantitatea, când voiam să le-o pun câtor mai multe fete. Mi se părea că asta-i cheia spre a deveni un bărbat veritabil. Și, ca atare, am purces la agățat, atât cât mă ajuta capul. Și fizicul. Deși, nu m-am putut plânge niciodată de vreunul din cele două aspecte – modestia o adopt doar când este imperios necesar, de cele mai multe ori, în fața celorlalți. În fața mea, nu sunt modest. Omul trebuie să fie, în primul rând, sincer față de el, pentru a-și cunoaște defectele ce trebuie îndreptate și calitățile ce trebuie valorificate.

Pusesem ochii pe o tipă de clasa a 10-a. Da, am ajuns să am o simpatie pentru fetele mai mari ca mine, pentru că eu consideram că de la ele am mai multe de învățat. Așadar, de la un coleg de-al ei i-am luat numărul și într-o seară i-am scris.

„Bună, Andrada!"

„Bună și ție! Îmi poți spune cine ești?"

„Secret." – aveam niște replici de căcat dacă mă întrebi acum ce cred despre ele. Dar aveam 16 ani, atât puteam.

„Ok. Atunci încheiem aici conversația. Noapte bună!"

Mă tăiasem. Macho-ul din mine a devenit inexistent. E de ajuns ca o femeie să-ți dea un semn că nu te mai vrea pentru a te conforma dorințelor ei. Cel puțin, la o vârstă fragedă așa se întâmplă.

„Stai, stai! Adam ... mă cheamă. Probabil că habar nu ai de existența mea."

Tipa nu era nici cea mai frumoasă, nici cea mai urâtă. Era o fată simplă, cu trăsături simple, dar cu niște ochi căprui, incredibil de frumoși. M-a atras, fără să știu de ce. Uneori, e bine să eviți să-ți pui întrebări la care s-ar putea să nu găsești niciodată răspunsurile potrivite. O femeie atrage mai degrabă prin ceea ce transmite prin felul ei de-a fi decât prin frumusețe. Cred că-i o lege încă nescrisă și neexplicată pe îndelete.

„Aaaa, tipul brunet și înalt, din 9 A?"

Eram surprins. Uite că mă remarcase cumva, cumva.

„Da. Chiar el."

„Bună! Ce faci? Și, totuși, de unde ai numărul meu?"

„Uite stau, mă gândeam cum să te abordez astfel încât să nu par ridicol. Nu pot să-ți spun de unde am numărul, te rog să înțelegi asta."

„Fie, de data asta accept să nu știu, deși nu-mi stă în fire."

„Ne putem vedea?"

„Acum vrei? E târziu, sunt schimbată în pijamale."

„Acum aş prefera, dar dacă nu vrei, o putem lăsa pe altă dată. Poate mâine."

„Mai bine mâine. Hai, pune-te și tu la somn. Mâine avem ore."

„Somn uşor, Andrada!"

„Somn uşor! Succes la ore!"

„Asemenea."

Habar nu aveam cum să mă comport a doua zi. Voiam să par sigur pe mine, dar știam că siguranța se va spulbera când mă voi afla în preajma ei și că vor începe să-mi tremure picioarele și vocea. Însă, mă voi aduna cu timpul. Mi-e mai greu la început, dar odată pornit, mă opresc abia când ajung la destinație. E unul dintre sfaturile mele pe care tu, cititorule, le poți aplica în viață.

În pauza mare, de la 10.50 la 11.10, ne-am întâlnit întâmplător pe holul de la clase.

- Hei, Adam!

- Bună, bună!

- Ce faci?

- Ăăă, uite pe-aici, aștept să se termine orele să mă pun la somn. Sunt frânt. Cred că m-am născut obosit.

Zâmbește.

- Dar tu ce faci? o întreb la rândul meu

- Aștept să îți faci curaj să mă întrebi când ne vedem. Râde zgomotos.

- Diseară?

- O oră mai exactă?

- 21.30?

- Ok, ne vedem la mine la clasă.

- Bine.

- Hai fugi la ore!

- Pa, pa!

- Succes!

M-am descurcat mai bine decât mă aşteptam. Bravo, băi! Aşa mai vii de acasă! Abia au trecut cele trei ore, două din ele fiind materii reale – matematică şi fizică – materii pe care le uram din străfundul fiinţei mele. Eu am fost făcut să simt, nu să gândesc. Cel puţin, nu să gândesc la modul acela.

Urma prânzul. De la masa la care stăteam, o vedeam. Se amuza teribil cu ale ei colege. Însă, dacă era să fac un clasament, dintre cele patru zâmbete, al ei mi se părea cel mai frumos. Desigur, eram subiectiv, iar gusturile nu se vor discuta niciodată.

I-am dat mesaj.

„Eşti frumoasă!”

După câteva secunde, o văd cum își scoate telefonul, citeşte mesajul, zâmbeşte discret şi începe să mă caute cu privirea. Mai că-mi venea să dau din ambele mâini, să mă vadă mai repede. Însă, m-a zărit. De data asta, a zâmbit larg.

„Ne vedem diseară, da?” vine mesajul de la ea.

„Da.”

„Ok, te pup!”

„Şi eu.”

Îmi doream să mă sărute, să-i simt buzele, să-i ating, la început timid, trupul, să-i simt sânii lipindu-se de pieptul meu. Mi se aprinseseră călcâiele și nici măcar nu am apucat să o cunosc. Însă, uneori, viața te îndeamnă, parcă, să te arunci cu capul înainte.

Când am ajuns în cameră (era la etajul patru) gâfâind, n-a trecut foarte mult timp până când un coleg de-ai mei mi-a spus că vrea să vorbim. Ok, hai să vorbim!

- Adam, am văzut că te tot uiți după Andrada! îmi zice, parcă părându-i rău de mine.

- Aaa, da, de ce, ce s-a-ntâmplat? îl întreb eu confuz. Recunosc, nu mă aşteptam să fie ăsta subiectul de discuție.

- N-are o reputaţie tocmai bună, pe aici, prin liceu. Mă gândeam că vrei să știi asta.

- De ce spui asta? îl întreb și mai confuz.

- Aşa am auzit de la colegii ei. Cică și-o trage cu mulți. Dacă vrei, mergi la Cristi, tipul ăla înalt și brunet, de la ea din clasă, și întreabă-l de reputația ei ca să te convingi.

- Aha, ok, merci!

Simțeam că-mi picase cerul în cap. Chiar nu părea genul de fată căreia îi arde de ... o arde între picioare aşa rău. Dacă n-o fi aşa? Merită să ascult nişte păreri sau să mă conving pe propria piele? Dar dacă o să mă fac de râs, dacă o să fiu dezamăgit, dacă, dacă și iar dacă? În cap, îmi vuiau zeci de întrebari la care, deloc surprinzător, nu aveam răspuns. Îmi venea să o sun şi să o întreb atunci, dar mi-am dat seama că ar fi o prostie din partea mea şi aş fi pierdut şi cea mai mică şansă de a mă convinge singur. Pentru prima dată, mă aflam în faţa unei astfel de situaţii – când aflasem chestii de la alţii. Nu ştiam cum să reacţionez. În mijlocul luptei interioare, simt că-mi vibrează telefonul. Primisem un mesaj de la ea ce suna cam aşa: „Abia aştept să te cunosc! Sper să nu te sperii. ☺”. În capul meu, era cam aşa – o jumătate abia aşteaptă să o cunoască, cealaltă jumătate îmi spune să înlocuiesc acel *cunosc* cu *fut*.

Termină, prostule! Voi merge să o cunosc, am încredere că mă duce câtuşi de puţin capul. Poate-s poveşti. Dar dacă nu? Ei bine, dacă nu-s poveşti, nu pun suflet, i-o trag de câteva ori şi-o las. Ce mă tot chinui atât!

M-am apucat să-mi fac temele, deşi, de fel, mi le copiam, fiind de părere că nu mă vor ajuta prea mult pentru viitor. Şi, acum, când mă gândesc, îmi dau dreptate. Din gând în gând, îmi cădea gândul la Andrada, la ora 21.30, ora la care ne vom vedea. Unele fete, fără prea mari eforturi, mi se ghemuiau cumva în suflet. Poate că-i mult spus, dar asta simt în astfel de momente. Recunosc, la fel de repede cum le las să-mi intre la suflet, le și scot. Așa-i când ești puști.

Timpul, printre matematici prea complicate pentru latura mea umană, printre fizici prea inutile, printre chimii greu de înțeles, a trecut repede. Era deja 21. Iar resimțeam emoțiile. Abia după vreo câțiva ani, acestea au dispărut de tot atunci când eram în situația de a întâlni pe cineva nou, de sex feminin. Probabil, experiența acumulată a contat foarte mult la senzația de comoditate.

Cobor spre clasa ei. Mă mai gândeam la ce-mi spusese colegul meu, dar voi vedea cum o voi rezolva. Trebuie să existe o soluție, căci totul, în viața asta, are o rezolvare. Trebuie doar să știi să o găsești pe cea potrivită.

Ajuns în fața ușii, trag o privire pe geam și-o văd în ultima bancă, butonând telefonul. Trag aer în piept și intru în clasă.

- Hei! Bună, Adam!

- Bună, Andrada!

- Ce faci?

- Mă rog să nu mă scoată la tablă, mâine.

- Matematică, presupun.

- Ai ghicit!

Am început să râdem.

- Vezi că nu-i de joacă cu tipa asta, îmi spune. Are 3-ul la discreție și nu se sfiește să-l folosească.

- Mda, am mai auzit povești de genul. Om vedea! Tu ce faci?

- Bine, mi-e cam somn.

De fel, când o fată-ți spune că-i este somn, să știi că se traduce că nu prea are chef de tine. Cu ea, slavă Domnului, nu a fost așa.

- Andrada, înainte de orice și cu riscul de a părea un prost, vreau să te întreb ceva ce-mi stă și pe limbă, și pe suflet.

- Te ascult. A făcut ochii mari.

- Se aud niște vorbe prin liceu ...

- Cum ar fi?

- Că ... na ...

- Ahahahaha, hai spune-o odată, fraiere!

- Că-ți place să te vezi cu mai mulți băieți.

- E adevărat că mă văd cu mai mulți băieți. Văd în fiecare zi 18, la mine în clasă. Te referi la altfel de văzut, știu. Adam, am să-ți explic despre ce vorbe se tot aud și de ce există. Le știu, le-am auzit și îți înțeleg grija. Chiar mă bucur că ai întrebat.

Huh, a reacționat neașteptat de bine pentru cum mă gândeam că va reacționa. Da, probabil pentru că știa de existența lor și pentru că este suficient de matură.

- Te ascult, îi spun.

- Ia un loc, va fi o poveste puțin mai lungă.

- Reputaţia proastă a unei femei este cauzată şi de gura prea vorbăreaţă a unui bărbat, nu doar de faptele ei. Şi nu ar fi nimic rău că este vorbăreţ dacă nu ar spune prostii.

Ştii cum s-a dus vorba-n sat că femeia alături de care ieşi la cafea este uşuratică? Din prea multă plictiseală şi puţin testosteron, s-au apucat bărbaţii să se laude despre nopţile în care au avut-o, despre cum i-au tras-o, iar la final, cel mai inteligent dintre ei a tras concluzia: este o curvă. Unii dintre bărbaţi sunt ipocriţi atunci când nu acceptă să înţeleagă că, la fel ca ei, o femeie poate avea mai multe relaţii sexuale.

- Da, dar, am mai purtat acum ceva ani conversația asta cu o altă tipă, îi spun. Ştii cum e? N-aş vrea să am alături o femeie trecută prin 100 de paturi.

- Te înțeleg, Adam, și ai dreptate. Dar, nu știu dacă acea fată ți-a spus că femeia îți spune fix atât cât vrea despre trecutul ei. Deci, dacă e de calitate îndoielnică tipa, vei afla 10% din adevăr.

- Cam așa mi-a spus și ea.

- Atunci când alegi să fii lângă o femeie, îi accepţi trecutul şi n-o iei la pachet cu el. În caz contrar, dacă vrei doar să i-o pui, cel puţin ai bunul simţ să taci dracului din gură. Păstrează pentru tine detaliile din pat – fii un domn! Și, dincolo de tot ce ți-am zis, mai sunt şi acei bărbaţi care au avut neşansa de a fi refuzaţi şi-ncep să fabuleze poveşti care mai de care despre femeia cândva dorită cu ardoare. Şi mereu vor exista alţii ca ei, care să creadă şi să ducă vorba mai departe. Dacă ţi-a refuzat avansurile şi propunerile, nu-i nimic, omul din eşecuri trage cele mai de preţ lecţii – n-are rost să-i pui în spate vorbe şi fapte ce nu-i aparţin. Așa a fost și-n cazul meu – am refuzat multe avansuri, mulți băieți, pentru simplul fapt că nu-mi plăceau. Și, na, pentru ei bunul simţ este limitat.

- Am înțeles.

- Crezi ce vrei, crezi ce vrei să crezi, eu am fost sinceră cu tine. Doar timpul îți poate confirma cele spuse. Bine, şi cei pe care i-am refuzat, dar doar dacă ar fi dispuşi să renunțe la orgoliu şi să recunoască că le-am spus *nu* propunerilor.

- Hai să vorbim despre altceva, despre tine, despre mine, pentru că-mi placi mai mult decât îmi plăceai înainte să intru în clasă.

Zâmbind, mi-a spus că se bucură. Și eu, în sinea mea, mă bucuram că am decis să-i spun ce am auzit. Poate că nu-i fair play, dar n-am dat nume. Am vrut să-mi rezolv anumite lucruri care mă rodeau pe interior.

- Te-ai acomodat aici? mă întreabă ea.

- Da, deja au trecut câteva luni bune.

- De ce te-ai despărțit de Cristina? Întrebarea ei nu o anticipasem, cel puțin, nu așa de repede.

- Pentru că nu ne potriveam. Am mințit-o și a fost începutul din lungul drum al mincinilor pe care urma să i le spun.

- Am înțeles. Și nu crezi că se va simți ciudat dacă noi doi am fi împreună?

- De ce? Nu cred, ea deja are alt prieten și sunt sigur că a trecut peste și a înțeles situația dintre mine și ea.

- Posibil. Eh, oricum, mie nu-mi pasă de gura lumii. Eram curioasă, nimic mai mult. Povestește-mi despre tine, spune-mi ceva ce nu știe toată lumea.

- Te plac! Am văzut că a făcut ochii mari, apoi i-a încolțit pe buze un zâmbet larg.

- Nu mă așteptam. Adică nu mă așteptam la replică, pentru că, altfel, ceea ce spui că simți este evident.

- E rândul tău, Andrada!

- Păi ... să vedem! Hmm, la dracu'! E așa greu să vorbești despre propria persoană. Dar, stai, stai, că mă voi gândi să-ți spun, că nu vreau să rămân datoare încă de la prima noastră întâlnire.

- Aștept, nu-i grabă.

- A, uite, nu-mi place să aştept după oameni. Eu sunt punctuală, aşadar am aceeaşi pretenţie şi de la ceilalţi. Bine, mai puţin în cazul în care intervine ceva obiectiv, neprevăzut, dar altfel ... fac urât.

- Şi cum faci tu urât?

- N-ai vrea să vezi, dar, cine ştie, s-ar putea să mă provoci să-ţi arăt într-o zi.

Râdem amândoi.

- Te-aş provoca la altceva, dar nu-mi permit acum să-ţi spun la ce anume, îi spun.

- Eşti cam încrezător, dacă nu chiar ai tupeu, băi, băiatule! Îmi placi! mi-a zis o pereche de ochi căprui şi calzi.

Tăceam amândoi şi ne zâmbeam. În zâmbetul ei, am văzut întruchiparea sincerităţii şi nu aveam să mă înşel. Îmi apropii buzele de ale ei şi o sărut – cu emoţie că s-ar putea să nu fi fost momentul potrivit. Îmi răspunde la sărut, cu-n alt sărut, de această dată pasional. Sărut ce-mi trezise bărbăţia

– lucru pe care rar l-am simțit când am sărutat o femeie.

Ne-am dezlipit buzele, dar nu și privirile. Cuvintele nu-și mai găseau rostul pentru a scrie un început de poveste pe-o coală albă. Am decis atât eu, cât și ea, să scriem povestea direct în suflet, fără a mai folosi vreo ciornă.

- Adam, sper să nu mă dezamăgești. Recunosc, mi-e teamă să fiu dezamăgită, mi-e teamă de tot ce înseamnă durere, deși, până acum, nu am simțit-o. Dar i-am văzut pe alții, am văzut că o astfel de durere te desfigurează fizic și, sunt mai mult decât convinsă, sufletește.

- Nu-ți promit, căci nu sunt în măsură să fac astfel de promisiuni. Pot să-ți spun că voi încerca să fiu corect cu tine. Atât. Restul, om vedea ce alege timpul pentru noi.

- Timpul nu alege. Oamenii aleg ce se întâmplă cu ei. Așadar, te rog, ai grijă de noi, așa cum voi face și eu. Cred că dacă știm să păstrăm, nu să aruncăm cât colo, am putea scrie o poveste cel puțin interesantă.

- De acord, Andrada! Voi face tot ce-mi stă în putință. Și te pot asigura că poate nu voi fi ceea ce ai nevoie, dar, cu siguranță, voi fi sincer de la început până la final. Pe atunci, nu aveam idee că sunt vorbe mari și că-mi voi încălca total toate vorbele, toate asigurările ce i le-am făcut sub impulsul fericirii.

Primele două săptămâni au trecut repede, fără nimic notabil, ci fiind definite doar de liniște și multe zâmbete. Începeam să ne cunoaștem mai bine, să fim tot mai comozi în prezența celuilalt. N-am făcut sex. De fapt, nici nu am sărit dincolo de câteva sărutări pasionale. Era un început pueril, dar promițător.

Aș fi vrut să o facem, să o văd dezbrăcată, să-i sărut gâtul, sânii, abdomenul, interiorul coapselor. Dar **toate la timpul lor**, stimate Adam! Ai răbdare, băiete!

Și cum treci marea cu răbdarea, într-o seară de vineri, sub pretextul unei plimbări nocturne, am ajuns în fața unei pensiuni.

- Să intrăm! îmi spune.

- Ce? o întreb încă nerealizând ce se întâmplă.

- Ai auzit bine. Am făcut o rezervare aici, pentru noi doi, pentru acest weekend! îmi spune ea și, imediat, începe să râdă. Probabil că, dincolo de altele, aveam o față extrem de comică la auzul vorbelor ei. Dacă m-aș fi văzut, cred că și eu aș fi râs copios. Am intrat, ne-am cazat ș-am ajuns în cameră – 69, un fel de ironia sorții cred.

- Mă duc să fac un duș, Andrada! Revin!

- Ok, fugi și spală-te! Chiar mă întrebam de unde venea mirosul ăsta insuportabil.

- Amuzant!

O aud râzând. Dau drumul la apă și aștept să se încălzească puțin. Ce-o fi în capul ei de-a făcut un asemenea lucru? Adică ... nici măcar eu nu m-am gândit să rezerv ceva pentru noi doi! Ce-o urmări?

Pentru prima dată mă aflam într-o astfel de situație, în care fata face primul pas important în relație. Poate că se săturase să aştepte să-l fac eu şi a luat ea inițiativa – oricum, lăudabilă inițiativă.

Intru în duş. N-am apucat decât să mă spăl pe corp, când am auzit uşa băii deschizându-se şi paşii ei îndreptându-se spre cabina de duş ale cărei geamuri aburite nu mă lăsau să văd ce se întâmpla în afara ei. Deschide uşa şi pătrunde înauntrul ei.

- Mă gândeam să-ți țin de urât, îmi spune.

- Da, să știi, chiar aveam nevoie. Mulțumesc că-ți faci griji în legătură cu mine! Cred că eşti cea mai grijulie iubită din câte am avut până acum.

Râdem amândoi. Aveam noroc că dimensiunea cabinei permitea ca doi oameni să se afle în acelaşi timp în ea. Cred că ştiau ei ce ştiau.

Ne sărutăm şi ne lăsăm mâinile să ne descopere trupurile goale. De ce închid oamenii ochii atunci când se sărută? Pentru a lăsa sufletele să se apropie. Pentru a lăsa ca focul iubirii să mistuie tot ce-i rău. Pentru a înlătura tot răul din lume şi a trăi pur. Aşa eram şi noi – am tras cu ochiul să văd dacă-i ţine închişi.

Mâinile mele îi goneau din ce în ce mai nebuneşte pe corp, îi mângâiau spatele, sânii şi îi strângeau tandru fesele și gâtul.

Mâinile ei alunecau încet, nelăsând necunoscut niciun centrimentru din corpul meu. S-au oprit la penis. Ș-au început să facă o mişcare de du-te-vino. Simțeam că iau foc, simțeam cum sângele a început să fugă prin corp, fapt resimțit printr-o erecție. O voiam acum și aici – n-o făcusem niciodată sub duș, dar aveam de gând. Ne desprindem buzele și o întorc cu spatele la mine. Mâna mea dreapta mai că s-a năpustit asupra clitorisului ei, făcând-o să tresară. Buzele îi gustau din gât.

O simțeam, pe măsură ce-i stimulam clitorisul, că se apropie de punctul maxim al plăcerii – orgasm. Îi simțeam trupul tremurând.

- Bagă-mi-o! îmi spune răstit.

Se apleacă puţin în faţă. În secunda următoare eram în ea, simţind-o caldă şi umedă. A început să geamă puternic. Cred că-i lipsise sexul, căci o femeie care abia aştepta să o facă este uşor de recunoscut. La fel de uşor de recunoscut ca un om flămând - odată ajuns acasă, se apucă se înfulece pe nerăsuflate.

O penetram din ce în ce mai rapid, făcând-o să nu mai aibă pauză între gemete, astfel încât totul în jurul nostru era doar un sunet „a" prelung şi continuu.

Din păcate, locul nu ne permitea prea multe, aşadar am căzut de comun acord să mutăm acţiunea-n cameră. Am lăsat-o să stea ea deasupra, să se mişte cum îşi doreşte, să stabilească ritmul. În tot acest timp, mâinile mele îi strângeau fesele, din când în când, încurajând-o cu câte-o palmă pe fund. O apuc de gât, o trag înspre mine şi i-o bag încet, dar cât se poate de adânc. Îmi place sunetul feselor unei femei atunci când este fututã.

E rândul meu să domin situația. Ea sub, eu peste.

- Mai repede! urlă de sub mine.

Mă conformez, căci o voiam fericită.

- end of story -

Acum, stăteam amândoi în pat, îmbrățișați. După sex, unele femei preferă îmbrățișarea și vorbele, altele tăcerea și indiferența. Ea aparținea primei categorii.

- Aveam nevoie de așa ceva, Adam! M-am simțit bine. Încă-mi tremură picioarele.

- Mă bucur! Și pentru mine a fost grozav! Abia mai suflam și eu.

- Acum, sper să nu crezi că-s vreo ușuratică.

- Nu, stai liniștită! N-am motive.

S-a ridicat în șezut și m-a întrebat:

- De ce m-ai ales tocmai pe mine?

- Păi am încercat și la restul, dar m-au refuzat. Doar tu ai mai rămas.

- Eu te întreb serios, băiete! Nu mă lua la mişto, te rog!

- Am înțeles, șefa! Te-am ales pentru că te-am ales. Nu ştiu să-ți explic de ce tu şi nu alta. Când ajungi să poți detalia sentimente, înseamnă că nu-s atât de profunde pe cât spui. Nu ştiu, te-am văzut şi am simțit că trebuie să te cunosc. Atât, nimic mai mult! Bine, recunosc, te-a ajutat puțin fizicul.

Râde. Râd.

Mă simțeam bine cu ea, parcă o știam de-o viață. Sunt oameni care-ți intră-n suflet, fără să facă mari eforturi. Nu știu cum reușesc și, cred, nici ei nu au habar.

- Înțeleg, băi Adam! Eram cea mai mişto gagică de acolo. Aha, știam eu!

- Ahahaha! Da, cum să nu!

- Știi, mă, cum îi stă bine unei femei?

- Dezbrăcată?

- Nu, prostule!

- Dar cum, Andrado?

- Elegantă. Și iubită.

Zâmbea. Îi cer să detalieze, căci părea interesantă explicația ce avea să mi-o ofere.

- Să-ncep cu eleganța. Într-o lume în care orice împopoțonare este considerată la modă, când plimbarea cu sânii la vedere, cu fundul jumătate ieșit de sub fustă, cu unghiile prea lungi și prea sclipicioase, e din ce în ce mai puțin loc pentru eleganță. Consider că o femeie care își cunoaște atuurile nu apelează la dezgolirea corpului în public, ci doar între patru ochi. Pentru bărbatul ei și atât. O femeie cu toate acasă optează pentru rochii fine, simple, uni și accesorii la fel de fine care nu atrag atenția prea mult. O astfel de femeie știe că ea poartă hainele, nu hainele pe ea. Apoi, când vine vorba de parfum, alege unul potrivit, cu un miros ce te face să o ții minte, fără a fi folosit din abundență. Unul care persistă pe pielea unui bărbat și după ce a lăsat-o-n fața scării.

- Continuă, te rog, m-ai făcut curios!

- După ce-şi alege hainele, accesoriile şi parfumul, trebuie să ştie că eleganţa mai este oferită şi de modul în care o femeie se comportă. O doamnă nu-njură (rareori, când chiar nu mai poate), nu bârfeşte ca tanti de la colţul uliţei, căci în timpul ăsta are altceva mai bun de făcut. Pur şi simplu, trebuie să fie verticală şi să rămână fidelă principiilor ei.

- Şi despre iubit, ce-ai de zis?

- Aici voi fi scurtă, iubirea se vorbeşte mai puţin şi se simte mai mult. O femeie iubită care, la rândul ei, iubeşte va străluci oricât de întuneric ar fi în jurul ei. Zâmbetul îi este mai limpede, sufletul mai cald. O vei recunoaşte cu uşurinţă, pe cuvânt de onoare!

Avea dreptate. Cel puţin, asta simţeam.

- Tu ai idee cum îi stă bine unui bărbat? mă întreabă.

- Lasă-mă să mă gândesc puţin.

- Ok, aştept aici cuminţică. S-a întins înapoi în pat şi şi-a tras cearşaful (ne acopeream cu el, căci era destul de cald) până în dreptul ochilor. De acolo, din vizuina improvizată, perechea de ochi căprui mă privea curioasă.

- Gata, îi spun.

- Te ascult!

- Unui bărbat îi şade bine când are coloană vertebrală!

- Mamăăăă! Ce-i cu asta? Toţi avem coloană! Şi-a început să râdă.

- Pot continua?

- Da, da! Să ştii că-i stă bine şi când are erecţie, îmi spuse în timp ce se înfunda de râs.

- Un bărbat cu coloană vertebrală va fi, în primul rând, sincer faţă de femeia cu care-şi împarte viaţa. Iar sinceritatea este din ce în ce mai rară, pentru că omul vrea să obţină repede totul şi apelează la tertipuri d-astea păcătoase.

- Îhî.

- Iar un bărbat sincer nu va dezamăgi. În niciun fel. Când va alege să te părăsească pentru că nu mai merge, o va face diplomat.

- Adică-mi va spune subtil să mă duc dracului, nu?

- Nu. Ți-o va spune fix așa cum ai spus tu, dar din gura lui nu ți se va părea jignitor.

- Ok.

- Mai jignitor ar fi să te înșele, să te mintă, să găsească pretexte și scuze pentru care relația voastră nu mai merge. Apoi, dacă te iubește, o va face cu toată ființa lui, neinteresându-l alte femei - ce-i al lui îi este suficient.

- Interesant punct de vedere! Mai ai?

- Nu, nu mai știu. Mă voi gândi, iar dacă voi găsi răspunsuri potrivite, ți le voi spune.

- Bine, dragule! La somn cu noi!

- De acord!

O sărut pe buze și pe frunte ș-o iau în brațe. A adormit înaintea mea, iar eu continuam să mă gândesc la ea. Simțeam că nu mă pot despărți, nici măcar cu gândul, de cea care-mi dormea în dreapta.

Sâmbătă, am ieșit prin oraș, am băut o cafea într-un local drăguț, apoi ne-am plimbat puțin prin parc, bucurându-ne de vremea de afară și de noi. Simțeam că-mi zburdă sufletul pe câmpii verzi, în tălpile goale, simțind atingerea fină a ierbii.

Apoi, am fost să mâncăm ceva, căci stomacurile începeau să-și ceară drepturile, după aceea ne-am grăbit în cameră. Când am ajuns, ne-am dezbăcat și-am făcut sex. Mult timp, până când am simțit că nu mai avem energie. Habar nu am cum am adormit.

Duminică dimineața, ne-am făcut bagajele și am plecat spre liceu.

Ajuns înapoi în liceul cimitir al tinereții mele, colegii mei au sărit cu o duzină de întrebări: *cum a fost? i-ai tras-o? cum e tipa la pat?* și multe altele. Am ridicat din umeri și am tăcut. O respectam pe fata alături de care-mi petreceam zilele, o respectam suficient încât ce se întâmpla între noi să rămână între noi. Așa ar trebui să fie fiecare băiat, bărbat, atunci când vine vorba fie de actuala, fie de vreo fostă. Tăcerea, în astfel de momente, aparţine oamenilor inteligenţi.

N-am stat prea mult cu băieții ăștia curioși, ci am coborât la clase să mă văd cu ea. Îmi era dor deja. Ceea ce, pentru prima dată, cunoșteam – dorul atât de aprins, dorul ce îți conduce pașii spre același om iar și iar și iar.

- Ce-au zis colegii tăi? mă întreabă de parcă ar fi intuit ce le poate capul.

- M-au întrebat dacă ți-o tragi bine și le-am zis că ești expertă! îi răspund și bufnesc în râs.

- Porcule! Chiar ai făcut așa ceva?

- Evident ... că nu! Ce se întâmplă în Vegas, rămâne în Vegas, mai ales dacă acel Vegas este între picioarele tale. Iar mă bufnește râsul, dar, de data asta, râde și ea împreună cu mine.

- Prinzi curaj, taure!

- Ce-i rău în asta, mă rog?

- Nimic, mă excită puțin!

- Hai să rezolvăm cumva excitarea asta a ta!

- Vezi, Adam, ți-am zis că prinzi curaj! Dar ia-o mai încet, că apoi se pierde tot farmecul.

- Bine, șefa! Am notat. Altceva mai dorești?

- Da! Să mă săruți!

Și, evident, am sărutat-o. Și am simțit cum sângele începe să-mi clocotească prin vene, mintea să-și piardă din rațiune, iar sufletul să bată din palme de bucuros ce era. Mă simțeam bine cu Andrada, simt nevoia să o spun obsesiv, pentru că tot obsesivă a fost și perioada în care noi am fost împreună.

- Hai, la teme cu noi, copile! îmi spune, încercând să pară autoritară.

- Nu-i o idee rea, dar mie nu-mi plac temele. Îmi placi, infinit mai mult, tu!

- Ce să-ți fac? Mie-mi plac și temele, așadar mă văd nevoită să te las cu buza umflată. Treaba ta ce faci – fie mă aştepţi aici vreo două-trei ore, fie te duci şi te prefaci că-ţi faci şi tu temele.

Am sărutat-o şi, apoi, fiecare s-a îndreptat spre pavilionul în care era cazat. Da, m-am apucat de teme. Nu de făcut, ci de copiat de la cei care deja le aveau făcute. Nu am fost un exemplu tocmai bun, dar nici n-am ajuns rău în viaţă, căci am ştiut să mă descurc şi să îmi fac favorabilă soarta atunci când venea vorba de şcoală, de job ori, pur şi simplu, de viaţă.

Pe la ora nouă, primesc un mesaj – „Mă doare capul, vrei să ne vedem mâine? Te superi? Te pup!". Era Andrada. I-am trimis un mesaj înapoi, întrebând-o ce are şi spunându-i că nu este nicio problemă. Evident, habar nu avea de ce o durea capul.

Somn uşor, iubita mea, Andrada!

M-am luat cu băieţii la poveşti. Fiecare cu ce-şi mai aducea aminte din tinereţile mai tineri decât cele de acum. Am râs mult şi cu poftă, căci fiecare avea cel puţin o poveste amuzantă.

Primesc un mesaj, iar înainte de a vedea de la cine a venit, mă gândeam că încă nu a adormit Andrada şi poate că vrea să ne vedem. Dar nu era de la ea şi n-aveam numărul salvat.

„Bună! Ce faci?" aşa suna mesajul.

Băiat educat fiind, am răspuns:

„Bună! Povestesc. Tu? P.S.: nu ar strica să-mi spui cine eşti."

„O admiratoare."

Ei, drace! De când am eu admiratoare. Genul ăsta de replici mi se păreau şi atunci şi acum puerile, lipsite de inventivitate.

„Nu ştiu să am aşa ceva. Sunt sigur că ai un nume."

„Aşa este. Alexandra mă cheamă. Ce vrei să mai ştii?"

„Care Alexandra?"

„Nu vrei mai bine să ne vedem şi să-ţi spun faţă-n faţă tot ce vrei să ştii?"

Eu, inocența întruchipată, am spus „Ok, unde?”. La doi, în capătul holului. Mă ridic din pat, îmi cer scuze față de colegii mei că trebuie să plec și cobor la etajul doi. Nu era nimeni. Mă gândeam că putea fi Andrada și avea chef să-mi facă vreo farsă. Dar m-am înșelat. O recunoscusem pe tipă. Era într-o clasă pararelă cu cea în care era Andrada.

- Bună, Adam! Alexandra, încântată!

- Adam, la fel!

- Ce vrei să auzi? mă întreabă ea, dându-mi impresia că este un vânător care a venit să-și ridice prada.

- Nimic special. Ce facem noi aici?

- Nu știu. Vorbim, presupun. Sau vrei să facem altceva?

- Nu, ajunge doar să vorbim, deși nu știu dacă este chiar bine ceea ce fac.

- Te referi la Andrada? mă întreabă senin.

- Exact!

- Nu-i voi spune nimic eu şi, în definitiv, nu facem nimic greşit. Suntem aici să vorbim. Sau, ce, ţi-a interzis să nu mai vorbeşti şi cu altcineva în afară de ea?

- Nu, nu!

- Eh, atunci înseamnă că putem sta cinci minute de poveşti, îmi zise plină de încredere.

Recunosc, voiam să plec, căci nu mă interesa persoana ei, însă ceva, habar nu am ce, mă ţinea acolo şi mă simţeam ca şi cum aveam plumb în picioare. Mă gândeam şi la posibilitatea ca cineva să ne vadă şi să-i spună Andradei. Însă, nu făceam nimic greşit, ci doar vorbeam.

- Îmi placi, Adam! Mult de tot! cuvintele ei parcă au căzut din cer, năucindu-mă. Cred că şi un croşeu s-ar fi simţit mai uşor decât cele şase cuvinte pe care tocmai le auzisem.

Nu ştiam cum să reacţionez. Nu era o fată deloc urâtă şi avea ceva ce mă atrăgea la ea, chiar dacă trecuseră câteva minute de când eram faţă în faţă. Însă, trebuia să mă gândesc şi la Andrada. De fapt, mai exact, mă gândeam la clipele petrecute alături de Andrada. Nu-mi doream să devină amintiri. Cu toate acestea, în loc să iau decizia corectă, aceea de a-i spune că nu mă interesează, iar am greşit.

- Mă bucur să aud asta! îi răspund.

Părea surprinsă până şi ea, căci nu cred că se gândea că îi voi acorda importanţa dorită.

- Wow! Stai puţin să realizez ce tocmai ai spus!

- Nu fug nicăieri, Alexandra, aşadar poţi să-ţi iei câteva momente să procesezi ce tocmai am zis.

- Cum rămâne cu Andrada? mă întreabă, părând curioasă.

- Ce să rămână? Stai, am spus că mă bucur, nu că vreau să fim împreună. Este o mare diferenţă!

- Hai, Adam, ştiu că ai vrea să încerci şi altceva! Stă în sângele vostru, al băieţilor, să vreţi mereu ceva nou.

- Nu toţi sunt aşa!

- Hai, mă laşi? Mă faci să râd! Eu vorbesc din experienţă. Cât despre tine, este normal să negi că ar fi aşa. Doar nu ai vrea să-ţi faci reclamă proastă, nu?

- Nu are nicio treabă ce spui tu cu ceea ce am spus eu. Nu caut să-mi fac imagine nici negativă, nici pozitivă. Nu am motive să bravez. Şi, în plus, nu vorbi despre omul pe care nu-l cunoşti.

- Lasă-mă să te cunosc, să te pătrund până-n măduva oaselor şi să mă conving că nu greşesc.

- Nu mă interesează lucrul acesta, Alexandra! Am o relaţie cu o fată care mă face fericit, aşadar am tot ce-mi trebuie. Nu văd ce ai putea aduce tu în plus.

- Nu vezi pentru că nu mă laşi să-ţi arăt, a protestat ea.

- Aşa este, dar, repet, nu mă interesează ce aş putea avea cu tine. Mă interesează doar ceea ce am deja, alături de fata la care ţin.

- Impresionant! Mai că-mi vine să te cred.

O percepeam ca pe o fată care acumulase ceva experienţă. Pe toate planurile. Începea să-mi fie teamă că ceea ce simt pentru Andrada nu va fi suficient de puternic încât să-i rezist ei, tentației întruchipate. Dar nu-i voi spune că încrederea în relația pe care o aveam începea să se risipească sub greutatea vorbelor ei și a încercării de a mă convinge s-o las să mă cunoască.

Îi simt mâinile cum îmi cuprind trupul și o simt apropiindu-se de mine. În mod normal, ar fi trebuit să o îndepărtez, dar, inexplicabil, i-am permis să mă ia în brațe și să-și pună capul pe umărul meu. Ș-am stat îmbrățișați așa vreo cinci minute, fără ca vreunul dintre noi să spună ceva, fără să simt că ceva este în neregulă.

- Ce spui, încercăm?

Frate, da' insistentă era! Ce-i drept, un băiat se simte bine atunci când fata insistă pe lângă el, când ea încearcă să-l cucerească și nu invers. Este unul dintre lucrurile pe care orice bărbat, când este mai tânăr, și le dorește. Nu știam ce să fac și cred că în acel moment eram ca o marionetă, fără pic de voință proprie.

Își apropie buzele de ale mele, apoi, se duce cu ele spre urechea mea și-mi șoptește că noi doi am putea face multe nebunii și că-i sigură că-mi vor plăcea. Nici puterea să neg ceea ce tocmai îmi spusese nu o mai aveam. Nici măcar să-i spun că deja am totul și că nu am nevoie să iau și la pachet!

Apoi, o fracțiune de secundă mai târziu, îi simt gustul buzelor. Și îi intru în joc. Ne sărutam pasional, de parcă ne-am revăzut după o perioadă lungă de timp în care am fost privați unul de celălalt. Dar noi eram niște străini. Ea era o fată care știa să obțină ce voia, iar eu eram un mare bou.

Sărutându-ne, m-a condus în clasa ei, unde m-a trântit pe un scaun și s-a pus peste mine. Simțeam că mă încălzesc, iar, în pantaloni, tocmai se întâmpla o reacție chimică, pe numele ei, erecție. Voiam să i-o trag. Acolo, în clasă – pe bănci, pe catedră, pe scaun, sprijinită de perete.

Însă, se pare, avea un plan bine stabilit de a mă fura de sub umbrela Andradei. Când a simțit că mi-am băgat mâinile pe sub tricoul ei, s-a oprit și mi-a zis:

- Te grăbești! Nu am să-ți dau totul din prima seară și nu pentru că aș avea o problemă, ci pentru că vreau să-ți dorești să mi-o pui!

Am ridicat din umeri și i-am spus că-i ok. Se risipise toată tensiunea din corpul meu, tot cheful, toate dorințele de a o penetra în cel mai vulgar mod posibil. Da, fata asta îmi transmitea ideea de sex murdar, pervers.

- Atunci, dacă nu ai chef, merg să dorm! îi spun.

Părea uimită, căci am fost atent la reacția ei. Dacă voia să jucăm dur, se pare că tocmai am început să-i fac jocul.

- Bine. Ne auzim, Adam! Mi-a făcut plăcere, să știi. Somn ușor!

- Somn ușor!

A dat să mă sărute, dar mi-am tras capul și-am plecat să mă arunc în pat și să mă gândesc la ceea ce tocmai făcusem. Ajuns în dormitor, m-am aruncat direct în pat. Mă gândeam că, mâine, va afla Andrada și o să se supere groaznic. Mă gândeam cât de slab, cât de idiot, cât de prost am putut fi. Mă gândeam că nu merită schimbul – Alexandra pentru Andrada. Dar, acum, totul este tardiv, iar răul a fost făcut. Singurul lucru pe care îl puteam spera consta în faptul ca Alexandra să-și țină promisiunile, Andrada să nu afle, iar eu să nu mai repet experiența.

Însă cum viața nu poate fi simplă, de cealaltă parte a creierului, mă gândeam la tipa asta nouă. Cu ea, am simțit o dorință imposibil de stăpânit. Diferită de cea pe care o aveam atunci când eram cu Andrada. Știam că dacă ne vom mai vedea, lucrurile vor evolua din rău spre mai rău pentru relația pe care eu o aveam. Știam și că nu-i corect față de Andrada ceea ce fac, dar nu găseam soluții să îmi opresc robinetul prin care-mi curgea în minte Alexandra.

M-am trezit mai obosit decât eram înainte să adorm. Mă frământa și mai tare întâmplarea de aseară. Simțeam vinovăție și mă hotărâsem să-i spun Andradei, cu prima ocazie, prostia pe care o făcusem. Știam că nu mă va ierta, dar măcar mă voi simți eliberat de greutatea asta ce-mi atârnă de umerii sufletului.

În pauza mare, când aveam 20 de minute la dispoziție, m-am dus la ea în clasă și am rugat-o să vină să ne plimbăm puțin, căci am ceva să-i mărturisesc. Chipul senin a venit spre mine, m-a sărutat și m-a luat de mână.

- Hai să ne plimbăm, frumușelule! M-ai făcut curioasă!

Nu puteam articula nimic. Începea să-mi pară rău pentru decizia de a-i spune. Trebuia să mă asigur că-s pregătit să fiu sincer cu fata care-mi dăduse totul – fericire, liniște și motive să-mi placă mai mult mediul de acolo, din liceu. Nu-i voi spune. Nu pot să-i rup în halul ăsta sufletul. Mi-am promis, în drum spre curtea liceului, că nu voi mai repeta experiențe ca cea cu Alexandra. Și tot pe drum spre afară, m-am gândit ce să-i spun.

- Hai pe bancă! îmi spune.

Ne-am așezat, iar perechea de ochi calzi mă întreabă ce vreau să-i spun.

- Nimic, voiam doar să te văd și am găsit un pretext pueril să te scot din clasă.

Am spus cuvintele fără să respir, așa cum repeți o poezi învățată pe de rost, de parcă toată noaptea repetasem fraza cu pricina.

- Hai, mă, pe bune?! Era suficient un mesaj sau să vii pur și simplu să-mi spui! Și eu care credeam că e ceva cu adevărat important. Apropo, știi ce zi e mâine?

- Marți?

- Nu, prostule! Mai încearcă!

- Nu știu, ce zi este?

- A noastră!

Părea puțin supărată că nu am ținut minte. Probabil, dacă nu-mi spunea ea, nici nu-mi dădeam seama. Aşa-s femeile, mai atente la detalii, dar, vorba aceea, detaliile pot face diferenţa.

- Uitasem, ştii că eu nu stau foarte bine atunci când vine vorba de cifre.

- Da? Cum stai la 69?

- Ce?!

- Ce ai auzit.

- Nu ştiu cum stau pentru că nu am făcut aşa ceva până acum.

- Nici eu, dar ar putea fi o idee pentru viitor. Dacă va mai fi un viitor, desigur, că la cum văd că te comporţi ... cam greu să ajungem la 69, când tu nu ţii minte cifra 1 – de la o lună de când suntem împreună.

A bufnit în râs.

- Glumesc, blegule! Mi-a văzut privirea plină de uimire şi cred că a simţit nevoia să mă lumineze puţin. Hai la ore, că mai sunt două minute şi se sună!

Ne-am ridicat, la etajul doi ne-am sărutat fugitiv și fiecare am luat-o spre clasa lui. Eu aveam chimie, dar numai la aberațiile total nefolositoare ale profesoarei nu-mi stătea capul. Mă gândeam cum să-i spun sau, în caz contrar, cum să ascund cât mai bine ceea ce s-a întâmplat. Și de ea, dar și de mine, căci mă consuma pe interior. Nu mai înșelasem niciodată până atunci, însă cu o seară în urmă mă dezvirginasem și la capitolul ăsta.

Profesoara m-a văzut că eram în altă lume și, ca un om deosebit ce era, m-a pus să repet ce spusese ea cu câteva clipe-n urmă. Evident că habar nu am avut.

- Ai un doi pentru astăzi, domnule!

Am tăcut, n-am schițat nici cel mai mic gest. Tot ceea ce am făcut a fost să rostesc, în gând, un *du-te-n pizda mă-tii.* Măcar, dacă tot luasem un doi, nu mai avea treabă cu mine toată ora. În viață, e bine să privești partea plină a paharului, căci așa vei trece mult mai ușor peste obstacolele ce se vor ivi în calea ta. De când mă știu am fost un tip optimist chiar dacă uneori păream iresponsabil ori visător sau naiv. Oricum, nu-mi prea pasă mie de gura lumii ce, uneori, era ca un WC – plină cu rahat.

După ore, m-am aruncat în pat încercând să-mi revin după noaptea obositoare. Îmi vibrează telefonul.

„Ce faci, dragule?”

Era un mesaj de la Alexandra. L-am ignorat, căci îmi promisesem că nu mai calc strâmb. Când eram cât pe ce să adorm, primesc un alt mesaj. Evident, Alexandra.

„Mă ignori acum? Aseară părea că ardeai de dorință. Treaba ta! P.S.: să știi că o altă șansă nu vei avea, în cazul în care-ți vine mintea la cap.”

Mă decid să-i răspund. Am făcut-o cât de sec am putut eu, să-i dau de înțeles că nu mă mai interesează nimic ce ține de ea.

„Da, sigur.”

Am adormit şi m-am trezit peste vreo trei ore. Oboseala tot acolo era și habar nu aveam de ce. Îmi fac o cafea, poate reuşesc să mă mai dezmeticesc. Ies afară, în curtea liceului-internat, să-mi beau cafeaua și să fumez o țigară. Aveam nevoie de aer, de clipe în care să fiu doar eu cu mine, căci aveam de gând să port o conversație cu mine însumi.

Dar tot ceea ce-mi venea în cap era vinovăția. Mă simțeam jalnic ştiind că i-am călcat încrederea în picioare. Bine, ea încă nu ştia, dar și când va afla ... nu vreau să mă gândesc ce va fi în sufletul ei. Minciuna are picioare scurte, o pot spune din proprie experiență. Mâine sărbătoream o lună de relație, însă mie nu-mi ardea de sărbătoare, căci, în interiorul meu, era un haos total. Trebuia să-i spun, dar nu ştiam cum să o fac. Pe-o parte, nu voiam să o pierd, însă pe cealaltă parte, nici bine nu mă simțeam ținând secret prostia pe care am făcut-o.

„Ce faci, iubitul meu?"

Era Andrada.

„Fumez o țigară și beau o cafea. Tu?”

„Singurel? Eu mi-am terminat tema la matematică și simt că-mi explodează creierul. Vrei să îmi mai reduci tu din stres?”

Ai pus mult prea mult suflet, Andrada! Ai început să îndrăgești un om care nu te merită.

Deseori, lucrurile astea se întâmplă – unul dintre cei doi este un om excepțional, iar celălalt este ultimul om de care ai avea nevoie. Relațiile de genul ăsta sunt cele mai dăunătoare, cele mai de nedorit, cele care lasă urme adânci în sufletul unui om. Eu n-o meritam atât cât mă merita ea pe mine, iar de acest lucru eram sigur.

„Ok, te aștept jos, pe banca de lângă sala de sport.”

„Viiiiiiin!”

A ieșit din pavilionul în care erau cazate fetele cu un zâmbet larg, ca și cum aș fi fost singura persoană de care avea nevoie. Lucrul ăsta mă făcea să mă simt şi mai de căcat. Mă sărută lung.

- Îmi era dor de tine, aşa puţin, elevule! îmi spune, continuând să zâmbească.

Eu, în schimb, nu am zis nimic. I-am zâmbit şi atât.

- Cum a fost la ore? mă întreabă.

- Bine. Am luat un doi la nebuna aia de chimie.

- De ce?

- Nu eram atent. Mă gândeam la tine.

- I-auzi! Măcar nu l-ai luat degeaba.

A bufnit în râs, însă eu tocmai o minţisem. Ce-i drept, doar pe jumătate, căci m-am gândit la ea, dar prin prisma faptelor mele.

- La tine? o întreb, încercând să nu par că m-aş gândi la ceva, pentru că în sinea mea tocmai se dădea o luptă între a-i spune şi a tăcea.

- Bine, am luat un 10 la istorie. În rest, nimic deosebit.

- Bravo!

- Eee, de parcă ar fi cine ştie ce chestie. Auzi, ştiu că e o întrebare tembelă, dar când ne-o mai punem şi noi? Am chef, am nevoie, ceva de genul ăsta.

A reuşit să mă scoată din gândurile mele. Cumva, sexul mă scotea din rutină, mă desprindea de tot ceea ce mă frământa. Probabil, din cauza vârstei.

- Când vrei, îi răspund cu-n zâmbet şiret pe chip.

- Azi, pe seară, când lumea doarme. Ce spui?

- De acord.

- Perfect, iubitule! Mă duc să-mi continui temele şi te sfătuiesc să faci şi tu acelaşi lucru. Nu de alta, dar diseară se anunţă o noapte cel puţin nebună.

- Ok.

M-a sărutat şi a plecat. Eu n-aveam chef de teme. Mi-am mai aprins o ţigară şi am închis ochii. Dacă m-ar fi văzut cineva, sunt sigur că m-ar fi catalogat drept un ciudat. Dar, cum am mai spus, nu dau doi lei pe gura lumii.

Într-un final, am urcat sus, unde am mai povestit cu colegii mei. Am râs, căci, v-am mai spus, tipii mereu aveau câte-o poveste amuzantă. Habar nu am dacă erau adevărate și nici nu-mi păsa atât timp cât mă destindeau. Apoi, mi-am mai copiat din teme, am făcut un duș și așteptam mesajul Andradei.

Pe la ora 23, îl primesc. Era telegrafic.

„În cinci minute, la mine la clasă. Pup.”

Am mai stat puțin cu ochii pe tavan, după care m-am ridicat din pat și m-am îndreptat spre clasa ei.

Ajuns acolo, o zăresc prin beznă în ultima bancă.

- Bună din nou!

- Bună, Andrada! Nu închidem ușa de la clasă?

- Ba da. Prinzi cheia?

- Abia de văd, n-am cum s-o prind.

- Bine, o închid eu.

Ş-a-nchis-o. E ciudat când programezi sexul, când ştii deja ce urmează să se întâmple, când este un act ce poate fi prevăzut. Parcă-şi pierde din pasiune, însă, aici, în liceu, asta era singura noastră şansă, iar clasa printre puţinele locuri în care ne-o puteam trage.

M-a sărutat, apoi mi-a şoptit la ureche că abia aşteaptă să fiu în ea. Deşi, cândva, vorbele de genul ăsta m-ar fi aprins, de data asta, nu am simţit absolut nimic. Eram acolo să-mi satisfac o nevoie, în niciun caz să-mi folosesc şi emoţiile. Asta simţeam, era ceva involuntar, neplanificat şi nou pentru mine.

I-am dat jos tricoul, i-am tras pantalonii de pe ea, i-am scos chiloţii, am întins-o pe bancă şi-am pătruns-o. Totul, în prea mare grabă. Şi, pentru că nu era o fată proastă, s-a prins că ceva nu-i în regulă.

- Stai! Ce dracului ai? Parcă te grăbeşte cineva!

- Nimic. Taci şi hai să ne futem!

- Adam, opreşte-te! Nu mai vreau!

M-a împins. Părea surprinsă şi, în acelaşi timp, deranjată de atitudinea mea.

- Ce ai, omule? mă întreabă, simţindu-i-se, încă, în glas nemulţumirea.

- Nimic, ce am?

- Păi, nu ştiu, de asta te şi întreb! Eşti prea grăbit, totul pare prea mecanic. Ceea ce, din câte-mi amintesc, nu s-a întâmplat până acum.

Îi ignor vorbele.

- Ne-o tragem sau nu?

Făcuse ochii mari.

- Nu-mi vine să cred! Ce-i cu tine?! Parcă te-au răpit extratereştrii şi te-au înlocuit cu un Adam mult mai idiot decât cel original.

- Ok, nu vrei, am înţeles. Găsesc eu cu cine să mi-o trag, nu-ţi face griji!

- Nemernicule! Ieşi afară şi să nu te mai văd! Boule!

M-am îmbrăcat şi am urcat sus, în dormitor. Nu realizam ce făcusem. Parcă ochii-mi erau acoperiți de o pătură groasă de ceață.

Inevitabilul s-a produs. I-am scris Alexandrei.

„Bună, Alexandra! Ce faci? Vrei să ne vedem?"

Aproximez că am aşteptat vreo 10 minute, căci fumasem o țigară, până când am primit răspunsul de la ea.

„Carevasăzică, nu mai faci pe viteazul? Ți-a trecut iubirea? Să știi că râd."

N-aveam chef să-i răspund la provocare, pentru că nu mă ajuta cu nimic dacă o îndepărtam şi pe ea. Ca atare, i-am răspuns că m-am înşelat când i-am zis că nu mă interesează.

„Bine, ne vedem la etajul doi, în capătul holului, în 10 minute. E ultima ta şansă, Adam!"

N-am nevoie ca cineva să-mi dea şanse. De cele mai multe ori, mi le fac singur şi aşa-i cel mai bine – să nu depinzi de nimeni. Albert Einstein spunea că dacă vrei să ai o viață fericită, să ți-o legi de-un scop, nu de-o persoană. Și eu înclin să-i dau dreptate, căci scopurile odată atinse rămân, pe când de oameni nu ești foarte sigur că-ți vor rămâne alături prea mult timp. Mereu există posibilitatea să vrea mai mult, să găsească ceva mai bun, să considere că nu îi meriți ș-atunci de ce să te legi de cineva?

Am coborât înaintea ei, pentru că nu puteam sta într-un loc. Capul îmi era gol, sufletul și mai gol. Andrada nu mai era niciunde. Îmi spun că-s un ciudat, că un om nu poate ieși așa repede din sufletul altuia dacă a fost măcar un gram de sentiment în el. Iar între mine și Andrada au fost mai multe grame.

O văd că vine, încerc să-mi alung fărâma de gând, căci nu voiam să stric și întâlnirea cu Alexandra. Două în aceeași seară chiar ar înseamna că-s prost rău.

- Bună!

- Bună, Alexandra!

Dau să o sărut, însă ea se trage.

- Ușor, băiete! Acum crezi că poți face ce vrei? Hai să jucăm după niște reguli pe care le stabilim în comun. Gen, hmm, să mă gândesc ... a, da! Desparte-te de Andrada!

- Cred că tocmai s-a întâmplat asta.

- Poftim? Când? mă întreabă, făcând ochii mari.

- Acum câteva zeci de minute.

- Nu cred!

- Întreab-o dacă nu crezi, îi spun fără prea mult chef de un astfel de subiect.

- Ok, n-am s-o fac, căci ar fi cu adevărat penibil.

- Știu, de aia ți-am și spus.

- Porcule!

Mă sărută. Buzele Alexandrei sunt moi și au gust a pieire. Și nu aveam să mă înșel, dar nu puteam intui ceea ce urma. Îi simt mâna rece, pe sub tricou, cum îmi mângâie spatele. O prind cu ambele mâini de gât, o trag spre mine și-o sărut cu pasiune. O voiam, simțeam că lângă ea îmi voi rezolva toate problemele, simțeam că ea este fata care mă poate face întreg. Și ea știa că are puterea asta asupra mea, căci imediat și-a retras capul și mi-a spus că iar mă grăbesc.

- Mai ai și alte reguli? o întreb.

- Da. Aș mai avea câteva.

- Te ascult! Doar spune-le și lasă-mă să te simt, să te am, să îți cunosc fiecare parte din corp.

- Doar din corp?

Sufletul ei nu mă interesa, dar a trebuit să mint în speranța că voi obține ceea ce vreau de la ea. Așa fac, uneori, bărbații când vor ca femeia să le intre cât mai repede în pat – spun minciuni care încep cu *o să te fac fericită* și se încheie cu *te iubesc*.

- Nu doar trupul. Evident că și sufletul!

- Aha. Nu părea să mă creadă, dar mai mult de atât nu-i puteam spune. Nu puteam minți mai mult, căci mă simțeam prost, în primul rând, față de mine. Deși, după ce-o înșelasem pe Andrada, eram ipocrit să fac pe lupul moralist chiar și față de propria persoană.

- Înainte de suflet, îmi vrei trupul, nu? continuă ea pe același subiect.

- Știi că e vrăjeală partea în care, după câteva ore sau poate zile, un el îți spune că-i place sufletul tău și că te vrea pentru el. Sufletul omului nu-l cunoști în câteva zile. Uneori, s-ar putea să nu-ți ajungă nici măcar o viață întreagă alături de celălalt pentru a-i cunoaște foarte bine sufletul.

- Poate că ai dreptate.

- Sigur am dreptate și n-o spun pentru că-s unul dintre cei ahtiați să aibă mereu dreptate.

- Ok, fie cum spui tu! Îmi face un semn din deget să mă dau mai aproape. Mă conformez, sperând în continuare că lucrurile se vor întâmpla în seara asta. Aveam nevoie de sex, de sex fără prejudecăți, de sex lipsit de orice emoție.

Mă sărută pasional, după care-mi șoptește la ureche că-n seara asta sunt doar al ei, lucru ce-mi convine de minune.

- Hai să mergem! îmi spune dintr-odată.

- Unde? o întreb curios.

- Știu un loc unde găsim un pat liber și nu ne va deranja nimeni.

- Ok, merg pe mâna ta.

- Am cheia de la cabinetul medical și-acolo este o anexă în care este un pat și liniște. Putem fi siguri că nu vom fi deranjați de nimeni până dimineață.

Până am ajuns acolo, n-am mai spus niciunul dintre noi nimic. Uneori, vorbele chiar nu-și au rostul și decât să strici liniștea cu nimicuri, mai bine taci.

Am ajuns. Nu știam că există o astfel de cameră și nu-mi trecea prin cap că ea avea cheia de la cabinetul medical.

- Cum ai făcut rost de cheie? o întreb.

- Contează asta?

- Nu. Eram doar curios, Alexandra.

- Uită curiozitatea asta. Nu ajută la nimic. Important este că suntem aici doar noi doi pentru câteva ore bune. Sper să știm să profităm de timpul ăsta.

- Începem să profităm sau continuăm să-l pierdem vorbind?

- Grăbit mai ești, mă! Cred că-i tipic masculin. Când vă fuge sângele prin corp, mare parte din el adăpăstindu-se-n ce aveți între picioare, deveniți grăbiți, neatenți, uneori chiar brutali. Învață să ai răbdare, căci altfel vei pierde multe ocazii. Și pentru ce? Pentru că nu ai avut răbdare cinci minute? Nu cred că merită, dar tu alegi cum dorești să fie.

Înclinam să-i dau dreptate, dar am tăcut, pentru că, avea dreptate, eram extrem de grăbit să-i văd trupul gol, să-i sărut sânii, abdomenul și ceea ce-mi doream cel mai mult – ce avea între picioare.

O sărut și încerc să o direcționez către pat. Nu se opune, iar în secunda doi sunt peste ea, începând să-mi las mâinile să-şi facă de cap şi să-i descopere trupul. Îi scot tricoul. Nu purta sutien. Avea sâni frumoşi, dar, desigur, frumusețea stă în ochiul privitorului. Îi sărut și, aproape instant, sfârcurile i se întăresc. Deci aştepta şi nemernica momentul ăsta! Cobor spre abdomen, nelăsând niciun centimetru neacoperit de sărutări. Îi deschid pantalonii şi îi scot, aruncând-i pe podea. Mă mir că nu se opune chiar deloc, că nu îmi mai bagă placa cu graba ce strică treaba. O sărut pe interiorul coapselor și îmi dau seama că se excită din ce în ce mai tare, pe măsură ce mă apropii de zona preferată de amândoi.

- Scoate-mi chiloții odată! îmi spune aproape răcnind.

Aveam impresia că în faţă nu o mai aveam pe Alexandra cea ironică, ci pe-o comandantă de oşti care dădea ordine-n stânga şi dreapta.

- Nu crezi că ne grăbim? o înţep eu.

- Taci şi fă ce-ţi spun!

Zis şi făcut. Însă n-apuc să fac nimic, pentru că mă întoarce pe spate şi se urcă pe mine, grăbindu-se să mă dezbrace. Apoi, îi simt buzele pe sexul întărit. Nu mă aşteptam la asta. Cel puţin, nu aşa de repede. Părea că doreşte să domine şi-o voi lăsa să fie şefa mea în pat, cel puţin în noaptea asta.

O voi lăsa să-şi facă de cap, să fie perversă, să fie timidă sau cum îi mai pofteşte sufletul. Am încredere în ea, căci pot intui ce-i poate capul. Dacă există ceva ce nu am făcut deja, probabil că o vom face astăzi, ca de început de poveste. Poate că dac-o începem aşa, vom avea noroc. Cel puţin, de partide de sex bun.

O las să mă domine, să-mi domine mintea, imaginaţia, corpul, totul. Dacă am ratat o poziţie şi-mi va propune, îi voi face pe plac. Dacă vrea lent, accept. Dacă vrea mai cu viață, accept cu plăcere. Dacă vrea să mă opresc mai mult între picioarele ei, n-am să protestez. Important este să ne simțim bine și, la final, să zâmbim satisfăcuți. Să mă sărute în semn de mulțumire ori în semn că mai vrea.

O să o trag de păr dacă-i place mai hard. O să-i mai pun mâinile în jurul gâtului dacă vrea și asta. O să-i mai dau câte o palmă peste fund, pentru că asta-mi place mie. Vreau ca-n seara asta să fim mai neliniștiți, mai obraznici în pat și să lăsăm bunul simț pe timp de zi.

Sunt în ea și-o simt umedă. Geme și-mi spune să măresc ritmul. O ascult, căci am spus că seara asta voi face așa cum vrea ea.

- end of story -

Dezbrăcați, stăm în pat. Eu uitându-mă pe tavan, iar ea cu capul pe pieptul meu. A fost bine, a fost o partidă de sex reușită, așa cum nu multe au fost. Însă sufletul meu, căci aveam unul, începea să dea semne că i se face rău. De fapt, i se făcea dor de Andrada. Eu speram să scap de apăsarea asta prin sex, dar se pare că mai rău am făcut. În timp, am învățat că sexul nu rezolvă problemele sufletești. Niciodată, nici măcar câtuși de puțin. Așadar, nu vă refugiați în astfel de gesturi, căci ceea ce va urma va fi mai greu de dus.

- Ce-i cu tine? a întrerupt ea tăcerea.

- Nimic, sunt puțin obosit.

- Deja? Vai de capul tău!

- Ce vrei să spui? Vorbele ei au fost destul de acre pentru urechile mele.

- Nimic, glumeam! Relaxează-te, băiete! Nu mai fi așa ciufut, că nu-ți șade bine deloc. Parcă-ai fi eu în perioada menstruației. Doamne!

- Hai să mergem să dormim că mâine avem școală și n-am chef să fiu un zombie la ore! îi spun.

- Dacă tu asta vrei, mergem.

- Asta vreau.

Ne-am îmbrăcat ş-am plecat fiecare spre dormitorul lui. Era trecut de doişpe noaptea, aşadar tocmai i-o trăsesem unei tipe de ziua mea şi a Andradei. Bărbat ce sunt! De fapt, sunt o ruşine, nimic altceva. Mă întrebam oare cât de nemernic pot fi, cât de mult rău pot face luând decizii de rahat. Și cu întrebările astea în cap am adormit.

Dimineață, mă simțeam ca și cum ar fi dat trenul peste mine. Aveam niște cearcăne până la gură. E o simplă remarcă, nu-mi pasă că am cearcăne. Le las pe fete să fie îngrijorate de astfel de aspecte, căci așa ar fi mai firesc.

Ajung în clasă cu vreo zece minute înainte să înceapă orele. Aveam matematică, una dintre materiile pe care le uram sincer. Poate că și profesoara avea vina ei în sentimentele mele. Când, de nicăieri, apare o colegă cu care mă înțelegeam binișor.

- Adam, pot să vorbesc ceva cu tine? mă întreabă.

- Desigur, Ioana! Spune!

- Putem ieşi pe hol, căci aş vrea să vorbim între patru ochi.

- Ok, hai!

- Ce-i cu tine, Ioana? o întreb când am ieşit din clasă.

- Aş vrea să-i spun ceva unui tip la care am ţinut cândva şi cred că au mai rămas câteva sentimente ce ar putea reaprinde flacăra.

- Şi ce te opreşte?

- Distanţa, circumstanţele, habar nu am. Parcă nu-mi găsesc cuvintele potrivite.

- Nu ştiu dacă există cuvinte potrivite, Ioana.

- Ba da, ba da, există!

- Ok, spune-mi mie ce ai în suflet.

- O parte din mine-l vrea, alta nu. Şi niciodată nu pot alege între a-l chema şi a-l aştepta şi între a-l lăsa acolo unde-i el şi a-l uita. I-aş spune că-l aştept de luni bune, dar i-aş spune şi că tot de aceleaşi număr de luni îl resping în sinea mea. Nu are el nicio vină, căci n-am ce-i reproşa.

A făcut o pauză.

- Continuă, îi spun.

- Mă trezesc în unele zile cu-n gol în piept. Acolo ar trebui să stea el. Dar, în alte zile, mă trezesc că-mi ajung doar eu. Habar nu am ce să fac şi ştiu că doar singură voi găsi soluția potrivită.

- Ce ai de pierdut dacă-i spui?

- Pe mine. Pe el.

- Totuşi, ce te-a apucat?

- Când primeşti trandafiri roşii, mesaje pe care le poți descifra doar tu şi cu el, n-ai cum să rămâi stană de piatră. Sunt lucruri ce mereu îți vor aminti de cineva.

- Ioana, eu spun să treci peste. Eşti o fată frumoasă, sunt sigur că vei găsi unul.

- Sunt frumoasă doar atunci când sunt fericită şi simt că doar cu el aş putea fi frumoasă.

- De ce nu profiți de prezent? o întreb.

- Pentru că simt că el este prezentul meu, pe care sper să-l trăiesc în viitor. Nu sunt sigură că mă înțelegi, dar așa simt, așa mă pot exprima. Este unul dintre momentele în care orice cuvânt este egal cu 0 – nu înseamnă nimic, nu lămurește nimic.

- Uită-l, o țin eu pe a mea.

- Cum poți uita ceva ce este parte din tine?

S-a sunat de intrare, așadar am fost nevoiți să lăsăm baltă discuția.

- Să nu spui nimănui, te rog!

- Stai liniștită, Ioana!

Recunosc, nici acum, după ceva timp, nu știu cum poți să scapi de ceva ce este parte din tine.

Orele au trecut atât de greu încât am simțit că am îmbătrânit cu cel puțin un an. E bine că nu am luat iar vreo notă excepțională precum doiul de la chimie. După ce am mâncat, i-am scris Andradei un mesaj în care o întrebam dacă vrea să ne vedem.

Răspunsul, după cum mă așteptam, a fost unul negativ. Ba chiar, în plus, era și o indicație ce spunea să nu o mai caut de acum încolo. Eh, aşa-s fetele, mai nehotărâte, mai ahtiate după drame – aşa gândeam atunci fără să realizez că vorbea cât se poate de serios.

Nicio clipă nu m-am gândit că ar fi putut să afle de isprava mea. Cât de inconştient puteam fi! Cât de naiv puteam fi crezând că nu va afla! Aşa-i la o vârstă – eşti naiv, atât de naiv încât până n-o simţi pe pielea ta, n-o crezi. Într-un fel, e bine s-o simţi pe propria piele, căci înveţi din astfel de experienţe. Desigur, înveţi dacă ai mintea deschisă, altfel vei repeta la infinit aceleaşi greşeli.

Îmi sună telefonul. Era o prietenă foarte bună de acasă. M-am gândit că i s-a făcut dor de mine.

- Bună, Delia!

- Bună, prietene! Ce faci?

- Mă străduiesc să supravieţuiesc!

- Aşa greu este acolo, mă?

- Nu, glumesc! Sunt bine, tu?

- Vreau să vorbesc ceva cu tine! Am o nelămurire.

- Te ascult!

- Am o întrebare, sper să nu râzi, dar chiar am nevoie de-un răspuns. Şi contez pe tine! Dacă iubitul meu nu îmi spune des că mă iubeşte, înseamnă că a încetat să o mai facă, nu? Aşa ar fi logic … îmi spuse contrariată.

- Astăzi, se pare că-s tatăl răniţilor. Ok, hai să te întreb şi eu ceva – de câte ori îţi zâmbeşte atunci când te priveşte în ochi?

- Mereu, de ce? mă întreabă părând contrariată.

- Pentru că unele lucruri se spun doar între două priviri. Cuvintele conturează, privirile lămuresc. Trebuie să înveţi limbajul privirilor pentru a putea înţelege ce se întâmplă între doi oameni. Vei vedea, deseori, vulcani aprinşi ce îşi ridică ameninţător în aer braţul de lavă, dar dacă vei privi atentă, vei observa cum privirile lor îndeamnă la calm. Vei vedea şi oameni care par a se iubi la plus infinit, dar dacă vei ignora evidentul, vei vedea că ochii lor sunt străini de cel pe care îl au în fața retinei.

- Îhî, îhî, continuă, mă îndeamnă.

- Am spus tot ce trebuia, într-o manieră cât mai concisă. Eu cred că el te iubește, dar ești tu prea paranoică! Iubirea nu trebuie să fie vocală, ci intimă. Tu te aștepți să ți-o spună, dar, de multe ori, găsești cu greu cuvintele care să o surprindă în forma ei pură – sentimentele puternice, pur și simplu, nu pot fi exprimate detaliat în cuvinte. De cele mai multe ori, voi, fetele, sunteți cele care vă exteriorizați mai mult. Cel puțin, asta am remarcat până acum.

- Da, dar el abia dacă o spune o dată la cine știe cât timp! protestă ea.

- Cine își pierde timpul vorbind mult, face puțin. Vrei să vorbiți despre iubire mai mult decât să o trăiți? Cred că nu. Îți repet – privește omul în totalitate, nu doar gura lui.

- Dar nici de dor nu pomenește nimic, chiar dacă eu îi spun că mă topesc în lipsa lui!

- Dar când te vede, te strânge tare la piept şi te sărută pe frunte?

- Aaa, da! Mereu face asta. Şi când ne vedem, şi atunci când plecăm fiecare spre casa noastră.

- Şi nu îţi este destul de clar? Dorul nu înseamnă doar „mi-e dor de tine" sau „şi mie îmi e dor de tine". Dorul înseamnă o îmbrățișare pătimașă, un sărut pe frunte, o strângere de mână puternică, un zâmbet larg. Dorul arde pe dinăuntru, ferit de ochii lumii şi chiar de ochii persoanei iubite. Sper că te-am lămurit!

- Dar dacă mă iubeşte şi îi este dor, de ce simt că îl pierd? Simt că se înstrăinează de mine.

- Eşti fenomenală, Delia! Te-ai gândit că poate nu înţelegi ceea ce îţi transmite? Tu ai o definiţie, un mod în care iubirea trebuie trăită. Şi diferă de a lui, însă tocmai asta e frumuseţea iubirii – e polisemantică.

- Aha, ok, mă voi gândi la ce mi-ai zis. Te las că mă strigă mama și mă duc să văd ce vrea. Mulțumesc mult! Te pup!

- Pa pa!

Habar nu am de unde am scos cuvintele, explicațiile, teoriile astea. Poate că e mai ușor să le dăm altora sfaturi, să le vorbim altora despre lucruri ce nouă ni se par complicate. Poate că sperăm ca măcar ei să facă ceva dacă noi nu. Sper să nu fi vorbit prostii și sper să-i fie bine Deliei.

„Ți-am lăsat ceva-n bancă”. Era un mesaj de la Andrada.

„De ce nu-mi dai tu ce ai de dat?”

„Că nu vreau să te văd, măgarule!”

Am coborât la clasă și, în bancă, am găsit o scrisoare. O redau mai jos:

Nu poţi să vii când ai tu chef şi să-mi baţi la uşa sufletului cu pretenţia de a te pofti înauntru. Sufletul meu nu este ca un magazin non-stop, deschis exclusiv doar pentru tine. Şi aşa, te-am primit de câteva ori, la ore târzii, când în mod normal omul se odihneşte odată cu sufletul. Nici măcar nu te-ai scuzat, ţi-ai aruncat haina în cuier şi te-ai aşezat la masă, pufăind din ţigară, umplându-mi camera de ceaţă. Metaforic vorbind! Şi acum, tot în ceaţă sunt. De ce ai ales să mă înşeli ca un măgar ordinar? Nu-mi răspunde mie, ci dă-ţi ţie o explicaţie. Poate aşa, următoarea nu va mai avea de suferit.

Nu înţelegeam de ce ai venit doar să îndrugi nişte cuvinte lipsite de orice urmă de viaţă. Lumea-mi era întoarsă cu fundul în sus, iar eu speram că tu vei fi arhitectul și o vei pune-ntr-o oarecare ordine. Nu vreau să-mi spui că ai greșit, că nu vei mai face, că aia și cealaltă! Nu vreau să-mi aduci aminte de ceea ce am fost, căci, acum, am nevoie să-mi aduc singură aminte de ceea ce pot fi în lipsa ta.

Sunt sigură că ai crezut că sentimentele ce ţi le purtam, îţi dădeau dreptul să nu-ți pese prea tare dacă vei călca greșit. Ei bine, de astăzi, am zăvorât uşa de la sufletul meu. Ce vei face? Vei bate ca un nebun ori vei pleca definitiv? Sper, totuşi, să fie a doua variantă, căci noi nu mai suntem iubiți şi nu mai vreau să fim nici măcar amici. Nu de alta, dar ai fi cea mai proastă cunoștință de-ale mele. Nu te mai vreau în niciun fel! Mă dezguști chiar și atunci când doar mă gândesc la tine! Porcule! Chiar credeai că nu voi afla? Prostule!

Aş fi preferat să fii un tip responsabil, care să-şi asume ori relaţia, ori plecarea! Nu un puşti indecis, care-şi lasă penisul liber ori de câte ori poate. Aş fi preferat să te fi luptat ori cu noi și să fim bine, ori cu tine și să mă fi lăsat dracului în pace. Mi-aş fi dorit să nu fi transformat relația noastră într-o rană. Mai bine plecai fără un cuvânt decât să mă înșeli ca un nemernic.

Totuși, sper că a meritat mișcarea ta și mai sper că a fost bun sexul!

Nu pot să-ți spun adio, căci o să-ți mai văd moaca prin școală, dar, te asigur, nu vom mai vorbi vreodată!

Așadar, a aflat despre ceea ce am făcut. De unde? Primul gând a fost la Alexandra, dar cred că mă întreba şi pe mine înainte de-a lua o astfel de decizie. Așadar, trebuie să fie altcineva.

Am recitit de trei ori rândurile scrise cu atenţie, fără urme de ştersături. De câte ori o fi încercat să o scrie? Câte lacrimi o fi vărsat pe foi? Ce-o fi în sufletul ei? Ce fel de băiat mai sunt? Mai există cale de împăcare?

O sun, dar îmi dă ocupat. Nu mai insist, căci oricum aş fi făcut-o fără rost. Răspunsul ar fi fost acelaşi. Aveam nevoie să vorbesc cu cineva, să-i spun tot ce aveam de spus, să mă cert în fața cuiva încât să am senzația că fac măcar un lucru corect.

Cred că i-am demonstrat Andradei că bărbații diferă, că există bărbați care-s punctuali în viața unei femei și bărbați care-s punctuali doar atunci când vine vorba de sex.

Cred că o femeie nu are rost să ardă aşteptându-l pe unul care nu vrea să vină ori care mereu întârzie. Nu de alta, dar pierde timp. Și viață. Și ocazii.

Cine o va dori, își va potrivi ceasul cu ea. Ba chiar îl va da pe-al lui cu cinci minute înainte, cât să se asigure că nu o va lăsa să aștepte. Femeia poate să fie sigură că bărbatul care o dorește cu fiecare nerv al corpului său, va fi mereu la momentul și în locul potrivit doar pentru ea. Un bărbat care o vrea va fi punctual – va veni la fix să o aducă la lumină. Și va veni înarmat cu răbdare, hotărâre, sinceritate și putere pentru a se lupta cu demonii femeii. Va fi punctual și când va trebui să-și înfrunte fricile.

Își va potrivi ceasul după cel al femeii pentru că nu vrea să rateze niciun eveniment din viața ei – va fi mereu lângă cea iubită și nu îi place să își încalce cuvântul. Știe că ea l-ar înțelege dacă ar întârzia, dar preferă să facă tot ce poate pentru a-i fi ei alături. Nu o va lăsa să aștepte fericirea, ci îi va da întâlnire în fața ei, îi va deschide ușa și o va invita să intre.

Nu va veni la întâlnire mai repede doar pentru că este nerăbdător, ci pentru că o respectă și nu vrea să îşi tocească tocurile pantofilor preferaţi, făcând cărare prin faţa cafenelei.

De cealaltă parte, unii bărbaţi vor fi mereu punctuali doar în patul ei şi, cred, că pe aici mă încadram şi eu în relaţie cu Andrada.

Îmi pare rău că nu am ştiut să fiu sincer, că nu am ştiut să o respect, că am ales prost – nebunia unei nopţi nu merită pentru a pierde un om care te întregea.

Mă simţeam bărbat de fiecare dată când am înşelat-o. Dar, acum, îmi dau seama că numărul fetelor pe care le învârţi în acelaşi timp, nu îţi oferă nimic bun. Doar pustiu, doar gol, doar sentiment de vină.

Sper că toate acestea nu s-au întâmplat fără vreun sens şi sper ca eu să fi învăţat ceva din experienţa asta. Poate că nu o pot avea pe Andrada, dar poate că nu o voi mai pierde pe următoarea pentru un astfel de motiv.

Mă ridic de pe scaun şi mă îndrept spre curtea liceului. Voiam să fumez, sperând ca ţigara să mă mai elibereze de starea ce mă acapara tot mai mult. Pe drum, m-am întâlnit cu Alexandra.

- Ai fost un nemernic, Adam! Ai spus că ați terminat-o!

A ieşit scandal sus, între fete, căci altfel nu văd rostul vorbelor ei.

- Nu aş fi vrut să se ajungă aici, îi spun. Chiar nu îmi doream, dar există lucruri, momente, dorinţe ce nu pot fi schimbate, oricât de mult am vrea noi.

- Ştiu, nimeni nu vrea, dar uite că se întâmplă! Te rog să nu mă mai cauți, căci noi doi am terminat-o! După vorbele astea şi-a continuat drumul spre unde o fi avut ea treabă, iar eu am ajuns în curte, mi-am aprins o ţigară şi am încercat să nu mă mai gândesc la nimic.

Lecții învățate

„Dacă o iubești, iubește-o ca și cum nu ar exista un final de drum pentru voi.

Iubește-o de 86 400 de ori pe zi!”

De ce să iubești femeia

Să iubești femeia pentru că te liniștește. Oricât haos, oricâtă agitație ar exista în sinea unui bărbat, îmbrățișarea femeii este suficientă pentru a le risipi pe loc. O femeie știe cum să-ți readucă zâmbetul pe chip, speranța în suflet și sclipirea în ochi.

Să iubești femeia pentru că te maturizează. De cele mai multe ori, femeile sunt puțin mai mature decât bărbații. Așa se spune și am remarcat și eu lucrul acesta. O femeie te face din bărbat și mai bărbat. Îți bagă mințile în cap, dar nu cum vrea ea, ci cum este bine pentru tine. O femeie îți arată ce înseamnă altruismul, dăruirea și devotamentul.

Să iubești femeia pentru că știe să-ți vorbească atunci când ai nevoie doar de cuvinte potrivite, că știe să te asculte atunci când ai nevoie doar de tăcerea celuilalt, că știe să te încurajeze atunci când ai nevoie doar de un impuls.

Să o iubești pentru că nu te abandonează nici în cele mai grele clipe. Are suficient curaj încât să intre în lupta cu viața și oamenii. Oricând, la orice oră, te poți baza pe ea ca fiind un partener veritabil în drumul spre succes.

Iar atunci când vei iubi femeia și, la rândul ei, ea te va iubi, vei înțelege că în ea zace o întreagă lume. Și nu orice lume, ci una fascinantă.

Să iubești femeia pentru că va da naștere copilului tău. Îl va purta nouă luni, va îndura durerile nașterii și îl va proteja o viață întreagă asemenea unei leoaice. Bărbații tind să transforme o banală durere de cap într-o tragedie. Ce-i drept, femeia transformă alegerea hainelor într-o dramă națională.

Ține minte, eu îți vorbesc de femeia femeie, nu de cea care este femeie doar datorită sexului din certificatul de naștere.

Femeia se duce dacă NU știi să o ...

Atingi. Nu doar între picioare, pe sâni, pe fund. Ci și pe suflet. Să-i pui zahăr pe rană, să-i mai îndulcești durerea ce-o resimte. Să o atingi cu atenție, nu doar să o plesnești obraznic peste fund când ești călare pe ea. Trebuie să-i mai iei și sufletul la dezmierdat – cu vorbe, folosește-ți limba și pentru a articula cuvinte, nu doar pentru a o face să tremure când ești între coapsele ei.

Asculți. Și când ți se pare că este asemenea unui radio stricat. Femeia vorbește mult, de cele mai multe ori, neavând nevoie de sfaturi, ci doar de o pereche de urechi care să o asculte. Nu vrea nici dreptate, nici critici, ci doar să se descarce. Dacă o ignori, s-ar putea să pierzi emisiunea preferată, aceea în care-ți spune că vrea să fie doar a ta pentru totdeauna. Ș-odată pierdută, ai pierdut și femeia.

Surprinzi. Dacă te faci că plouă și atunci când sunt ocazii deja conscrate, cum ar fi ziua ei, ziua îndrăgostiților și alte zile în care se sărbătorește ori femeia, ori cuplul, presupun că plouă și-n restul zilelor la tine. Adică așteaptă ca fraiera cel mai mic gest, venit pe neașteptate. Nu spun să pui accent pe zilele alea, dar măcar ia-i o ciocolată, o floare, nişte jartiere sau poate un bărbat mai capabil. Surprinde-o şi nu mai fi măgarul de ieri. Fii bărbatul model de mâine.

Ţii în priză. Dacă tu nu o poţi captiva, cine vrei să o captiveze? Vecinul de la cinci? Dacă e aşa, s-ar putea să reuşească. Ş-apoi, ce faci? Disperi? Îl baţi? Îl blestemi? De ce? Unicul vinovat pentru tot eşti doar tu, pentru că n-ai fost capabil să-ţi captivezi iubita. Dacă eşti ca un film prost, fără acţiune, fără logică, o să te schimbe. Chiar şi pe-o telenovelă ieftină. Măcar se întâmplă ceva acolo. Aşadar, ţine-o captivă în fiecare zi. Vei reuşi, fără prea mari eforturi, te asigur.

Satisfaci. Nu te grăbi să-i sari iar între picioare. Aia, puţin mai târziu, când vine noaptea. Pe zi, să o satisfaci intelectual. Să nu fii la fel de gol ca sticla aia de vin. Ajut-o să evolueze şi te va ajuta să creşti. Şi-n ochii ei, şi-n plan intelectual. Împreună puteţi face lucruri mişto, benefice pentru amândoi. Apoi, că tot a venit noaptea, treci în pat și fă-ți treaba în așa fel încât să ajungă unde trebuie. Cum unde? La orgasm! Nu te grăbi ca la o cursă de 100 de metri. Sexul cu o femeie, pentru a fi sigur c-a fost bun, trebuie să fie un maraton de 42 de kilometri.

Femeia iartă mult! Uneori, poate, prea mult!

Sunt bărbat și din această postură spun tare și răspicat faptul că femeia iartă mult. Uneori, poate, prea mult. De-a lungul timpului, am fost iertat când i-am vorbit urât, când am înșelat-o, când am fost nenorocit și i-am ignorat total nevoile.

Poate că sunteți tentați să le considerați naive, dar nu-s! Femeia, spre deosebire de bărbat, are o încredere oarbă în puterea bărbatului de a se reabilita, de a își repara greșelile, de a nu mai comite alte, de a o iubi frumos și de a-i oferi liniștea mult dorită. Și există bărbați care se îndreaptă și bărbați care se complac în mizeria în care trăiesc. Depinde de inteligența fiecăruia, desigur.

Bine, fie, singura naivitate a femeii este că uneori, nu pentru că aşa este ea, ci pentru că îşi iubeşte bărbatul crede mult prea mult în el. Să ştii că femeia-i nehotărâtă, dar doar atunci când trebuie să-şi aleagă hainele, nu şi atunci când are de ales între suferinţa în doi şi singurătate. După ce-i este călcat sufletul în picioare în mod repetat, pleacă pentru totdeauna, fără regrete şi fără să se uite-n spate.

Am văzut cum o femeie îşi poate încălca principiile, limitele, doar pentru că îşi iubea enorm bărbatul. Am văzut cum, după ce a plâns zile şi nopţi în şir, după ce a fost nevoită să poarte cearcănele o săptămână, după ce a crezut că lumea ei s-a prăbuşit, după ce şi-a pierdut încrederea în ea, ca femeie, am văzut cum s-a ridicat de jos, s-a scuturat şi şi-a sărutat bărbatul, iertându-l. Acea femeie a crezut vorbele celui din faţă, chiar dacă, de cele mai multe ori, erau vorbe goale, scuze care s-au mai repetat după o vreme.

Însă, dacă ești bărbat și mizezi pe faptul că-ți va ierta câte-n lună și stele, ești un măgar! N-o meriți nici măcar pentru o amărâtă de noapte! Și, te asigur, acceptă cât acceptă ș-apoi te lasă să o privești de la spate, dar nu-n pat, ci cum pleacă de lângă tine.

Dacă ești un bărbat mișto, în toată puterea cuvântului, nu-ți obliga femeia să ierte prea multe. Eventual să ierte ziua pentru că are doar 24 de ore, timpul că trece peste voi și îmbătrâniți.

Trebuie să te lupți pentru femeia iubită

Bărbații se luptă. Din diverse motive, dar, unul dintre cele mai importante, este femeia care le este alături. Și, în primul rând, luptă-te cu tine.

Luptă-te să devii un bărbat responsabil, care-și asumă greșelile și știe să-și revendice tăcut meritele. Știu că-i greu, dar bate-te să înveți să-ți ceri scuze.

Luptă-te să devii un bărbat sincer, care nu vede minciuna ca fiind şmecherie.

Luptă-te să devii un bărbat bogat intelectual şi material. Dacă ai minte, vei şti să nu risipeşti banii pe femei care doar asta caută.

Luptă-te să devii un bărbat dur cu lumea, dar sensibil cu ea. Femeia trebuie ţinută în palmă şi uneori pe ghipi cât să nu se plictisească, dar niciodată-n injurii şi pumni.

Luptă-te să devii un bărbat bun pentru convieţuit, nu doar unul bun pentru sex.

La fel să faci şi pentru lucrurile în care crezi cu adevărat, pentru oamenii importanţi din viaţa ta, pentru a păstra ceea ce iubeşti lângă tine. Luptă-te să-ţi scoţi din vocabular cuvântul „nu pot” – nu există „nu pot” când ai obţinut bogăţia intelectuală de care am scris mai sus.

Luptă-te pentru a obţine ceea ce vrei, ceea ce meriţi, ceea ce-i al tău. Cu tine, cu alţi bărbaţi. Poate că vei părea asemenea unui şmecheraş de cartier, dar, ține minte, scopul tău față de al celui din colțul blocului diferă radical.

Luptă-te pentru femeia de lângă tine! Devino mai bun pe zi ce trece și arată-i că ești tot ce are nevoie, astfel nu-i dai motive să te lase pentru alții mai bătăioși. Luptă-te pentru devotament, căci știu că-n gena noastră infidelitatea este mai pregnantă. Tind să cred că avem momente de superficialitate mai des decât femeile.

Să știi că, de cele mai multe ori, lupta nu va fi una fizică. Rareori vei fi pus față în față cu un alt bărbat și obligat să-ți sufleci mânecile cămășii și să ataci ori să contraataci. Niciodată n-o numi apărare, căci ceea ce-i de apărat trebuie apărat doar față de tine.

Luptă-te cu tine să devii cea mai bună varianta a ta!

Timpul nu omoară iubirea. Oamenii o fac!

Timpul nu omoară iubirea. Oamenii o fac! Timpul doar îi supune la teste – ce-i sincer rezistă, iar ce-i clădit cu nepăsare nu. Nu-l mai învinovăți pentru greșelile tale și nici nu-l folosi să te exonerezi.

Oamenii omoară iubirea cu egoismul lor, fiind într-o permanentă goană după fericire. Unii nu-nțeleg că fericirea în cuplu se obține, se trăiește și se pierde în doi. Ș-atunci, îi pun o frânghie de gâtul iubirii și-o sugrumă. Normal că se stinge, într-un final. Oamenii au tendința să omoare visurile, speranțele, încrederea, respectul, iubirea, doar pentru că scopul lor nu coincide cu cel de-alături. Și în astfel de cazuri, timpul este asemenea unui arbitru – ori lasă legea avantajului și relația continuă, ori îți dă roșu și te elimină.

Dacă tot ce ai construit cu celălalt este bazat pe interes, pe falsitate, pe minciuni, timpul va ruina tot ce aveți voi. O astfel de bază este șubredă – imaginează-ți un băț de chibrit care susține un pepene verde. Cât crezi că rezistă? Acum, fă analogia cu o relație – bățul de chibrit este interesul comun, iar pepenele verde interesul propriu.

Timpul chiar nu omoară iubirea dintre doi oameni. Timpul, dacă vreți, este un cel care-i obligă pe oameni să decidă ce se întâmplă cu ei. Dacă vor să trăiască o poveste frumoasă, o vor trăi până la adânci bătrâneți. Altfel, o vor trăi fix atât cât este cazul.

Omul sincer, omul altruist, omul empatic va construi mereu o fundație stabilă, pe care nimic nu o va putea dărâma. Chiar dacă, uneori, îi va fi dărâmat acoperișul, având baza, va putea reclădi – mai puternic, mai trainic, mai frumos. Vezi tu, timpul e de partea ta – poți trăi o viață întreagă iubind, dar doar dacă știi cum să o faci.

Așadar, data următoare când vrei să-l acuzi pe domnul Timp, adu-ți aminte că totul a fost în mâinile tale, iar tu ai decis ce vrei să se întâmple.

Înșelând, te prostești singur

Hai să-ți povestesc ceva personal, ceva trăit pe propria piele.

Am înșelat cândva. Ș-am înșelat o fată căreia i-am spus că o iubesc. Ș-o iubeam, nu mințeam. Și ea mă iubea, poate chiar mai mult. Își pusese toate speranțele, visurile, temerile în mâinile mele. Pot să bag mâna în foc că așa a făcut. Am înșelat pentru că simțeam că relația stagnează, că nu-mi mai oferă nimic palpabil care să mă bucure.

Inițial, relația mea s-a îmbunătățit. Am zis că-i șmecherie. Însă, în timp, îmi era tot mai greu să păstrez micul meu secret. De ce? Pentru că fata aia nu merita să o mint. De fapt, niciun om drag nu merită mințit. Nu, nu i-am zis. Și poate până astăzi, dacă o citi articolul, a rămas doar cu bănuieli.

Și, culmea, în trei luni după ce am început să umblu și pe la altele, s-a încheiat relația. Brusc și deloc liniștitor. Fără să înțeleg și lăsându-mă, efectiv, în sufletul gol.

Nu vă încurajez să înşelaţi. Poate că aţi auzit că multe relaţii s-au salvat prin înşelarea partenerului. Cică cel care a înşelat ar fi realizat ce are lângă el. Prostii!

Ei bine, pentru a-ţi da seama ce ai lângă tine, nu este nevoie să ţi-o tragi cu altcineva. Nici să bei cafea, cu scopul de a i-o trage mai târziu. Sunt poveşti de adormit copii. Ţi-o spune unul care a comis-o. Şi nu, nu te gândi că în alte cazuri este altfel.

Mereu, rezolvarea o vei găsi în comunicare, un lucru mult mai matur decât înşelatul. Nu-s expert în relaţii, am eşuat destul în ale mele. Şi, aproape de fiecare dată, vina a fost a mea. Dar, când am început să comunic, am rezolvat multe probleme pe care, înainte, le rezolvam înşelând. De fapt, era ca şi cum le ascundeam sub covor, departe de văzul meu. Dar ele erau acolo şi ieşeau periodic la lumină.

Însă, am învăţat că înşelând-o pe ea, mă amăgeam pe mine, mă prosteam pe mine.

Fii mai inteligent decât am fost eu! Nu te dezamăgi şi nu o dezamăgi!

Cum să păstrezi un bărbat lângă tine – pentru femei

Ştiu că-ţi e greu să crezi că un bărbat poate fi fidel unei femei. Nu greşeşti crezând că bărbaţii înşală, dar fiecare vârstă are nebunia ei. Am înșelat și eu, și nu doar o dată. Am înșelat pentru că nu-mi păsa. Am înșelat pentru că nu primeam ceea ce aveam nevoie de la femeia din fața mea și eram prea prost să-i pot spune că nu o mai vreau.

Da, mare parte a bărbaților înșală la un moment dat. Unii vor înşela mereu, indiferent de femeia pe care o au, dar ăştia-s puţini. Ceilalţi se vor opri şi-şi vor concentra eforturile spre a păstra femeia din faţa lor.

Asta a fost introducerea.

Acum cuprinsul.

Draga mea, să păstrezi un bărbat lângă tine nu este mare lucru, nu trebuie să fi terminat trei facultăți, două masterate și un doctorat. Un bărbat, oricât de infidel ar fi el, atunci când va întâlni femeia care îi va pune batista pe țambal, se va dedica întru totul ei. Nu ai nevoie de studii superioare, cursuri de perfecționare ori lecții de voodoo.

Pentru a păstra un bărbat lângă tine, în primul rând, trebuie să înțelegi ce înseamnă să fii femeia aia pentru el. Să nu crezi, draga mea, că dacă pregătești masa, speli șosetele, ștergi praful, dai cu aspiratorul și îi calci cămășile, va fi de ajuns pentru a-l păstra. Un bărbat copt are nevoie mai degrabă de un partener, nu de-o servitoare. Cel care te tratează ca pe una responsabilă cu confortul lui, te va înșela la primul pas.

În al doilea rând, pentru a păstra un bărbat lângă tine trebuie să nu aibă nici el, nici tu acel ultim cuvânt cu ”Da, dragă!”. Când femeia este prea docilă, prea slugarnică, bărbatul se plictisește și este cuprins de un sentiment de siguranță. Iar acest sentiment de siguranță îi va permite să meargă la altele, fiind sigur că tu-l vei aștepta acasă. Pentru a păstra un bărbat trebuie să-i dai sentimentul că este în siguranță, că ești a lui, dar doar dacă te merită.

În al treilea rând, pentru a păstra un bărbat trebuie să-i dai libertate. Dacă va fi să te înșele, să te lase cu ochii în soare, oricât de mult l-ai controla, o va face – cred că este scris în natura umană. Trebuie să-l lași liber, să-și demonstreze singur că nu are nevoie de alta în afară te tine. Să-l lași să se întoarcă la tine pentru că-i dictează sufletul, nu pentru că-l stresezi cu mesaje și apeluri. Iar dacă va călca strâmb, nu-i nimic, capul sus și ce-i al tău e pus deoparte.

În ultimul rând, pentru a păstra un bărbat lângă tine trebuie să-i zgudui principiile și stereotipurile legate de femei. Trebuie să-i zgudui temerile și să le transformi în speranțe. Trebuie să-i zgudui și patul, dar mai tare sufletul.

Un bărbat poate fi păstrat. Trebuie doar să găseşti formula magică.

Fii bărbatul unei singure femei! – pentru bărbaţi

Dacă ai găsit femeia care te iubeşte şi pe care o iubeşti, să fii doar bărbatul ei! Să o preţuieşti, să o respecţi şi să-i fii fidel până în măduva oaselor tale. Să ştii că dragostea este direcţionată către o singură persoană, că nu poţi iubi mai multe femei în acelaşi timp. Şi să nu te prosteşti crezând că dacă te iubeşte, te va aştepta acasă, indiferent de oră sau indiferent de ce ai face sau oricât de măgar ai fi tu. Nu! O femeie rănită dispare din viaţa ta pentru totdeauna, în timp ce tu, după un timp s-ar putea să încerci să o cauţi, dar fără succes – atunci să vezi ce regrete te vor învălui!

Lasă textele pe care le ai cu alte femei, schimbul de numere de telefon, invitațiile la cafea, flirtul cu tipa de la bar. Este mult mai greu să fii devotat unei singure femei, să nu o faci să se plictisească de tine, să o surprinzi mereu cu altceva, să îţi ţii mâinile doar pe ea, să o păstrezi veşnic vie şi fericită. Trebuie să fii cu adevărat bărbat să poţi ţine o singură femeie de mână timp îndelungat, pe când pentru a ţine mereu câte o altă femeie de mână, nu e mare lucru – ai nevoie de puţină inteligenţă, puţin şarm şi puţin noroc şi oricine dispune de astea.

Să nu îţi baţi joc de lumea ce-ţi adoarme pe piept – ar fi foarte urât din partea ta. Dacă s-a stins focul dintre voi, adu-ţi aminte că eşti bărbat şi poartă cu ea o discuţie sinceră şi spune-i ce simţi. Sunt sigur că te va înţelege – aşa ai rămas un bărbat cu coloană vertebrală până la sfârşit. Mulţi bărbaţi fug de adevărul recunoscut în faţa femeii cu care au împărţit o perioadă de timp, şi, în laşitatea lor, aleg să creeze un motiv ce nu mai are nevoie de vreo discuţie.

Dacă o iubeşti, fă ce-ţi spune sufletul şi te asigur că nu vei da greş!

Apreciaz-o! Fă-o fericită! Bucură-te de ea şi cu ea! Iubeşte-o!

Femeia pe care alții o vor, dar doar tu o ai

Bărbate, să nu crezi că nu mai există şi alţi bărbaţi. Să nu crezi că femeia de lângă tinc va avea o eternitate ochi doar pentru tine – desigur, dacă o faci fericită, sunt mari șanse ca ea să aibă ochi numai pentru tine, dar asta depinde, într-o mare măsură, doar de matale.

Să știi că există cel puţin un bărbat care ţi-ar vrea iubita, care ar vrea să i-o tragă, care ar vrea să-i spună că-i frumoasă, care ar vrea s-o scoată la o plimbare prin parc, care ar vrea să bea măcar o cafea cu ea şi să o cunoască câtuşi de puţin. Există un altul care ar vrea s-o încurajeze aşa cum merită, să o sărute pe frunte înainte de somn, să îi pregătească micul dejun. Există cel puţin un alt bărbat care ar vrea să-i arate că ea este frumoasă şi atunci când nu se aranjează. Există bărbaţi care aşteaptă greşelile altor bărbaţi, pentru a le fura de sub nas comoara.

Să fii conştient că va exista mereu unul gata săţi ia locul când, din prostie, îţi faci singur vânt de lângă cea pe care o ţineai de mână. Nu-i da o mână de ajutor!

Vor exista mereu bărbaţi – unii mai buni, alţii mai răi – care vor râvni la femeia de la braţul tău!

Aşadar, dacă o iubeşti, fii bărbatul la care niciodată nu ar renunţa, pentru că lângă tine găseşte tot ce are nevoie o femeie – atenţie, sprijin, siguranţă, bucurie şi iubire. Fii singurul bărbat pe care femeia îl poartă în minte şi-n suflet, zi de zi, oră de oră, minut de minut! Fii motivul pentru care ea, astăzi, este împlinită!

Fii cel care câştigă orice luptă cu oricare alt bărbat atunci când vine vorba de cea de lângă tine!

Fii bărbatul vieţii ei dacă sufletul aşa-ţi spune!

Şi nu te supăra că o vor şi alţii – fii mândru că ai o asemenea femeie lângă tine!

Şi, la rândul tău, dă-i motive şi ei să fie mândră!

Considerente personale

„Petreceți-vă tinerețea lângă un bărbat bun la suflet. Veți îmbătrâni frumos împreună!"

Ceea ce urmează să vă scriu este ceea ce am dedus eu din relațiile pe care le-am avut până acum cu diverse femei. Să mă-nșel, se prea poate, nu le știu pe toate.

Ce vrea o femeie de la bărbatul din fața ei?

O femeie vrea ca bărbatul ei să fie sincer. Brutal de sincer. De la a recunoaște că nu-i stă bine noua rochie până la a-și recunoaște greșelile. Un bărbat puternic este în stare să trăiască asumat, iar femeii îi place bărbatul care-și asumă atât binele, cât și răul.

Vrea ca bărbatul ei să fie inteligent. Cel puțin la fel de inteligent ca ea. Să aibă conversații spumoase, ce-o prind și n-o plictisesc. Femeia vorbește mult, așadar are nevoie de un bun interlocutor.

Vrea ca bărbatul ei să o asculte atunci când ea are nevoie să se descarce. Vrea să fie receptiv. Să-i ofere un umăr pe care să plângă, o mână care să o ia în brațe, o gură care să-i sărute fruntea.

Vrea ca bărbatul să n-o considere slugă-n casă, ci parteneră de drum. Să împartă totul, în mod egal. Să-nțeleagă că lucrurile făcute în doi rezistă mai mult decât cele făcute de unul singur. Să o ajute și să se lase ajutat.

Vrea ca bărbatul ei să nu îi ofere jumătăți de măsură, din moment ce ea-i dă totul.

Vrea ca bărbatul ei să aibă o inimă, nu doar un penis. Și s-o folosească fără teamă. Vrea un bărbat suficient de puternic încât să-i recunoască sentimentele pentru ea. Vrea un suflet care se mai înmoaie din când în când. Doar sufletul.

Vrea de la un bărbat să o ajute să-și înfrângă temerile, neîncrederile, nu să i le judece și să-i reproșeze pașii greșiți. Să-i explice ce și unde a greșit și cum ar fi bine pentru amândoi.

Vrea un bărbat altruist, pentru că egoiști găsește peste tot. Unul care, din când în când, îi îndeplinește dorințele de copil. Unul care îi acceptă și latura copilărească, unul căruia nu-i este rușine cu ce este ea.

În final, vrea doar un bărbat alături de care să trăiască iubirea.

Și-i va da totul în schimb. Altfel, nu merită un astfel de bărbat.

Ce vor bărbații de la femei

Mi-aş dori ca noi, bărbații, să nu mai trăim cu frustrarea banilor care nu ne ajung să o cucerim sau să o convingem să rămână mai mult de o noapte. Să încetăm să ne mai plângem că toate ne vor banii, că doar cei cu bani au femei mişto. Prostii!

Dragul meu bărbat, dacă tu crezi că o cafea, o cină sau o vacanţă moca o va opri să plece în sprint de lângă tine, greşeşti! Dacă ăsta e gândul, ai pornit cu stângul în drumul spre inima unei femei.

Mi-aş dori ca unii dintre noi să înţeleagă că inteligenţa te ajută să cucereşti o femeie. A se vedea definiţia femeii. Și dacă le vei numi curve pe toate femeile din viaţa ta pentru că unele te-au dezamăgit sau doar pentru că ai o preconcepţie, vei muri… singur.

Dacă tu crezi că femeile au nevoie doar de bani, întreabă-le dacă e aşa. Nu-ţi fie ruşine să fii bărbat! Du-te și întreabă! Unele-ți vor spune cu nonșalanță ce vor, altele mai timid. Pe cele care te mint le vei descoperi uşor și-ntr-un timp scurt. Le poți trimite la plimbare, diplomat, dacă nu vrei să ai asemenea femei prin preajmă.

Draga mea femeie, să îţi spun ce vrea un bărbat. Poate aşa vei înţelege câte ceva din dorințele unui bărbat.

Tu fiind femeie, vei gândi cel puțin trei răspunsuri.

Primul răspuns care îţi vine în minte ar fi evident sex.

Ce ar putea face doar cu partidele de sex ? Niciun bărbat nu va refuza sexul, însă în cele din urmă va căuta căldura unui suflet. De la o vârstă, marea parte a bărbaţilor nu mai vor o femeie pentru un număr, ci pentru o viaţă.

Al doilea răspuns ar fi mâncare, curăţenie şi călcat haine. Însă, la un moment dat, va vrea să ia masa cu cineva, apartamentul lună şi bec să îl împartă cu cineva, iar hainele … devin mai puţin călcate pentru că va prefera să mai rămână dimineaţa câteva minute în plus în pat lângă tine.

Apoi, al treilea răspuns ar fi bani şi faimă. Atipic pentru bărbaţi, dar posibil, aşadar trebuie luat în considerare. Însă banii şi faima sunt trecătoare, o femeie capabilă să îi ofere unui bărbat aceste calităţi va putea oricând să îl înlocuiască. Iar bărbaţii, după ce se maturizează, vor căuta ceea ce nu pot avea singuri – căldura şi dăruirea unei femei.

Un bărbat, în cele din urmă, va căuta iubirea.

Femeilor, luați-vă bărbați puternici!

Femeilor, luați-vă bărbați puternici! Bărbați care știu să lupte pentru fericirea voastră, care știu să vă satisfacă și ziua, și noaptea, care știu să vă scoată din rutina cotidianului. Bărbați care sunt suficient de curajoși încât să vă fure la o cină în oraș și să vă invite, mai apoi, să rămâneți în viața lor.

Luați-i pe cei care vă cuceresc mintea, trupul și, în ultimă instanță sufletul. Bărbați care au puterea și-și asumă faptele, nu care dau vina pe voi pentru ce nu a ieșit bine. Bag de seamă că s-au dus vremurile când bărbații cucereau. Acum, unii dintre ei așteaptă să fie cuceriți dacă se poate. S-au schimbat rolurile și nu-i de bine! De aia le-a dat natura două ouă – să aibă sânge-n instalație să cucerească femeia, nu să aștepte să îl invite ea la cafea!

Luați-vă bărbați care au puterea să fie maturi în gândire și-n fapte. Care au ochi doar pentru voi, nu și pentru vecina de la patru. Bărbați care știu că acasă îi așteaptă o femeie și nu-și mai pierd timpul prin alte case ale altor femei, doar pentru a se simți bărbați. Luați-vă d-ăia care înțeleg că bărbația înseamnă să faci zeci de lucruri cu o singură femeie, nu același lucru cu zeci de femei. E mai greu să surprinzi aceeași femeie de zeci de ori.

Luați-vă bărbați care pot să vă învețe câte ceva despre viață, nu mucoși care nici de ei nu pot avea grijă, d-apoi de voi. Să vă luați bărbații care se luptă cu ei în fiecare zi pentru a deveni mai buni. Care înțeleg că succesul în viață – atât cea personală, cât și profesională – este extrem de important.

Luați-vă bărbați care vă respectă cu sfințenie, nu care șterg pe jos cu voi doar pentru că ei cred că s-au născut cu acest drept. Nimeni nu s-a născut cu dreptul de a-și bate joc de altcineva. Ăla-i un drept pentru proști, nu pentru cei care se pretează a vă fi iubiți.

Luați-i pe cei care se chinuie să vă aducă la orgasm. Oricare dintre ele. Nu care vă lasă fix înainte de momentul 0, se întorc pe cealaltă parte și încep să sforăie. Iubirea bărbatului pentru femeia sa se vede și-n efortul din pat, nu doar în cel din viața de zi cu zi.

Luați-vă bărbați care-s bărbați, nu care imită ceea ce cred ei că-i bărbăția!

N-o întreba dacă vrea. Fă-o să vrea!

Din experiență, mare parte a femeilor îi preferă pe tipii îndrăzneți, cei care nu întreabă dacă pot, ci care, fără să întrebe, intră-n patul și sufletul femeii. Și se ascund atât de bine, încât cu greu îi mai scoți afară.

N-o întreba dacă vrea să o săruți, dă-ți singur seama dacă se cuvine, iar dacă ea-ți dă toate semnalele că ar cam fi cazul să-i acoperi buzele cu ale tale, nu te holba ca prostul și treci la fapte. Cum la ce fapte? La sărutat.

N-o întreba dacă vrea să vină la tine, sub pretextul vizionării unui film. Fă-o să vrea, fă-o să-ți spună c-ar vrea să vadă diagonala TV-ului din sufragerie. Și pe cea a celui din dormitor.

Fă-o să vrea să rămână și dimineața, nu să-și cheme un taxi la 6 și să te salute-n grabă, trântind în urma ei ușa. Să-ți dea mesaj să-ți spună că i-a plăcut și c-ar mai repeta experiența. Cam o viață.

N-o întreba dacă vrea o relație serioasă, că-i stupid și infantil. Fă-o să-și dorească una. Să vrea să fii bărbatul în fața căruia se dezbracă – de haine și de ea. Să vrea să-ți poarte dimineața cămășile pe post de halat. Să vrea să-ți gătească câte-un mic dejun încheiat cu ce ați început aseară.

Fă-o să vrea, fără să o întrebi, să-ți fie fidelă. Să te strângă mai tare de mână atunci când ochii vreunuia se uită la fundul ei. Să fie mândră că te are-n stânga ei atunci când uzați pavelele din Centrul Vechi.

Când vrei o femeie, sedu-o, nu fi un simplu operator de la Institutul Național de Statistică!

Femeile se cuceresc, nu se întreabă. Poate singura întrebare este cea de la final, când o întrebi dacă este sigură că vrea să plece.

Treci la treabă!

Nu te întrista că a plecat la alta!

Dragă femeie, nu totul are un final fericit, dar și din cele bune, și din cele rele, poți învăța câte ceva. Nimic pe lumea asta nu este nefolositor, trebuie doar să știi cum să-l pliezi pe viața ta.

C-a ales să plece la alta, nu-i motiv de supărare! Lasă-l cu alta, pe care, probabil, la un moment dat, o va schimba cu o altă alta. Parfumul lui nu-ți mai înțeapă nasul, dar nici cuvintele lui nu-ți mai înțeapă sufletul. Când simți că-ți lipsește îmbrățișarea lui, adu-ți aminte câte nopți ai dormit cu perna la piept, plângându-ți de milă. Când simți că-ți lipsesc buzele lui, adu-ți aminte că promisiunile de care nu s-a ținut tot acolo s-au născut.

Poate că-i prea linişte-n casă, dar mai bine aşa decât să se audă ecourile cuvintelor şi promisiunilor lui. Liniştea nu dezamăgeşte, ci adună părțile din tine la un loc. Pe când, fiecare promisiune goală, îți dezmembrează ființa.

Dragă femeie, nu-i bai c-a plecat la alta! Dacă-i simți absența, adu-ți aminte că lipsea și atunci când aveai cel mai mult nevoie de el – c-avea alte priorități, doar puteai aştepta 90 de minute până se încheia meciul. Dacă simți patul prea gol, adu-ți aminte că nici sufletul nu-ți era prea plin în ultima vreme. Acum ai golul şi-l poți umple după bunul plac al sufletului tău.

Poate că acum nu-ți mai spune nimeni că eşti frumoasă, dar, de la o vreme, o auzeai doar pe post de preludiu. Te înmuia cât să-ți intre-ntre picioare. După care adormea.

Poate că te gândești că pe alta o iubeşte mai mult, că poate o atinge mai tandru, că poate-i este mai devotat. Se poate, dar ce rost au toate aceste întrebări dacă el n-a fost pentru tine? Nu uita, pentru tine tu eşti cea mai importantă persoană.

Nu lupta pentru unul care n-a mişcat un deget pentru tine! Se numeşte efort inutil şi nu faci nimic altceva decât să-ţi risipeşti şi ultimele fărâme de energie. Dă-ţi timp, adună-te, şterge-ţi lacrimile şi ieși în lume cu cel mai frumos zâmbet întipărit pe chip.

Draga mea femeie, astăzi, datorită lui, ești o femeie mai puternică!

Există femei care te obligă să lupți pentru ele

Cel mai mult îmi place femeia pentru care trebuie să lupt. Poate crezi că-s masochist, dar o să-ți explic de ce am lansat o asemenea afirmație.

Femeia care te obligă să lupți pentru ea este fidelă. Nicio femeie, oricât de nehotărâtă ar fi, dacă-l supune pe bărbat, ca-n basme, să treacă niște probe și el le trece, va fi extrem de hotărâtă în a-l păstra. Cu hainele, pantofii, machiajul, probabil că nu se va hotărî ușor niciodată. O femeie care obligă bărbatul să lupte pentru ea, va rămâne fidelă celui care a reușit să-i deschidă porțile sufletului și ale minții.

Femeia care te obligă să lupți pentru ea știe că aparențele înșală. Așadar, alege să te cunoască înainte să te lase să te descalți și să te faci comod la ea în suflet. Știe foarte bine că timpul este, de cele mai multe ori, cel care scoate la iveală firea bărbatului care, astăzi, o îmbată folosind cuvinte dulci. În plus, ea știe că nu are de pierdut o viață întreagă lângă un bărbat nepotrivit.

Femeia care te obligă să lupți pentru ea se respectă. A învățat o lecție importantă – lecția respectului de sine care, dacă nu există, nu poate fi acordat celui din fața ei. Așadar, o femeie care obligă bărbatul să lupte pentru ea, va ști cum și cât să-l respecte.

Femeia care te obligă să lupți pentru ea își apreciază sincer bărbatul. Pentru simplul fapt că știe cât poate fi de nesuferită, capricioasă, copilăroasă, încăpățânată și că nu îi este tocmai ușor bărbatului să se plieze, atunci când e cazul, după ea. Ca recompensă, o asemenea femeie îi oferă bărbatului ei toată aprecierea de care ea este în stare.

Femeia care te obligă să lupți pentru ea nu te va penaliza de fiecare dată când greșești. Pentru că înțelege că ești om, iar această calitate vine și cu posibilitatea de a mai greși din când în când. N-o să te penalizeze la fiecare prostie neînsemnată și total involuntară pe care o faci. Dar, dacă-i vei călca sufletul în picioare și o vei dezamăgi ori vei începe să consideri că orice greșeală îți este iertată, se va asigura că nu vei mai auzi niciodată de ea.

Femeia care te obligă să lupți pentru ea te va iubi sincer. Dacă i-ai intrat în locul magic (în suflet), nu doar în celălalt loc magic (între picioare), îți va oferi necondiționat toată dragostea pe care este capabilă să o ofere pentru că știe că doar cu dragoste ai putut duce lupta până la final.

Femeia care te obligă să lupți pentru ea, la rându-i, va lupta pentru bărbatul ei. Pentru că știe cât de mult contează și pentru el să vadă că înseamnă ceva pentru ea și că nu îi va da drumul la mână prea curând. Mai știe că bărbatul nu este făcut din indiferență și că, deși nu arată mereu, are nevoie de atenția femeii de lângă.

P.S.: când am spus lupți, m-am referit la cucerit. Ș-atât.

Unele femei îți vor doar banii, altele vor doar să le respecți

Există femei și femei. În niciun caz, te rog, să nu crezi că toate-s la fel. Să nu crezi că toate îți vor banii ăia mulți, pe care s-ar putea să nici nu-i ai. Da, fără îndoială, există femei care asta vânează – tipi cu mulți bani, pentru că, singure, probabil ar muri de foame, neștiind să facă nimic.

Dar să știi că există mai multe femei care-ți vor cere un singur lucru: să le respecți. Sunt acele femei care nu te întreabă, încă de la început, cu ce te ocupi. Cele care nu-ți vor analiza hainele să vadă dacă porți vreo firmă scumpă, ci îți vor analiza mintea și felul de-a fi. Dacă le place, te lasă să le ai. Dacă nu, îți vor spune respectuos că nu vă potriviți și-ți vor mulțumi pentru timpul acordat.

Femeile acestea știu foarte bine că este important să aibă bani, pentru că doar așa nu vor depinde de toanele bărbatului de lângă ele. Și mai știu că banii proprii le vor permite să nu accepte toate mitocăniile lui. Așadar, printre ultimele aspecte pe care pun accent va fi grosimea portofelului tău. Mai degrabă, pun accent pe ascuțimea minții tale, pe caracterul tău frumos ce le va face să se reîndrăgostească de tine în fiecare zi. Femeile acestea au nevoie de siguranță, mai puțin materială, cât sufletească. Vor să fie sigure că sufletul nu le va fi lăsat să moară de foame, căci cu stomacul o rezolvă cumva, doar nu-s niște nimeni în drum să nu-și permită o masă.

Există mai multe femei care apreciază mai mult timpul pe care îl petreci cu ele decât cinele scumpe şi scurte, oferite cât să nu aibă impresia că ai uitat de existenţa lor. Există femei care pot mânca acasă (mâncare hand made, home made, cum vrei tu să spui), doar să ştie că le acorzi timpul tău. Sunt multe femei care râvnesc mai tare după timpul tău decât după o geantă Michael Kors.

Sunt mai multe femei care caută într-un bărbat ceea ce banii nu pot oferi: grijă, atenţie, un sărut pasional, o îmbrăţişare caldă, sprijin, un bun confident, respect şi sinceritate.

Dragostea este doar un cuvânt până când apare cineva şi îi dă un sens

Dragostea este doar un cuvânt până când apare cineva şi îi dă un sens. Cred cu tărie că dragostea poate vindeca orice boală a sufletului, orice handicap al fiinţei, orice frângere de aripi. Orice. Dincolo de cele opt litere şi un spaţiu se află magia pe care o citeam în povești, atunci când eram mici. Nu suntem Făt Frumos și Ileana Cosânzeana, ci oameni simpli care iubesc alți oameni simpli. Și cea mai frumoasă iubire este cea simplă, cea în care lucrurile se întâmplă de la sine.

Iubește-o la nebunie. În fiecare zi. Și atunci când îi este teamă că nu va reuși, și atunci când bucuria îi udă obrajii. Iubește-i haosul organizat din cap și din dulap. Iubește-o dimineața când faceți baie de soare și noaptea când vă acoperiți cu razele lunii. Iubește-o cel mai mult atunci când îți spune că nu merită toată iubirea ta. Iubește-o chiar dacă este la sute de kilometri. Arată-i că doi este cea mai frumoasă cifră și în doi este cea mai frumoasă lume. Iubirea are limite doar dacă ni le impunem.

Sărut-o și îmbrățișeaz-o. Acoperă-i fiecare centimetru. Cuprinde-i toată lumea în îmbrățișarea ta. Rămâi pe buza superioară, privește-o în ochi, ia-o în brațe. Cunoaște-i buzele, pielea și trupul ca și cum ar fi singura cunoaștere de care ai nevoie.

Cere-ți iertare și iartă. Amândoi greșiți, amândoi construiți. Suflet lângă suflet, mână în mână. Dragostea iartă tot ceea ce nu o sfărâmă.

Dansează cu ea. În ploaie, printre oameni, în casă, desculți în iarbă. Lasă iubirea să vă conducă pașii în cel mai frumos vals. Să îți conducă mereu pașii pe același drum: către ea.

Joacă-te cu ea. Fără să îi pui piedici, fără să o împingi, fără să o lovești, fără să trișezi. Joacă-te cu senzațiile ei atunci când o săruți, când o mângâi. Fă să conteze jocul, nu cine îl câștigă.

Fă-o să râdă. Orice haine ar purta, oricum s-ar machia, are nevoie de zâmbet pentru a fi completă. Glumește cu ea, gâdilă-i sufletul.

Dar știi ceva?

Dacă o iubești pe femeia care îți este alături, nu trebuie să îți spun eu ce ar fi frumos să faci! Cred că trebuie să simți tu.

Fii un bărbat pentru ea, nu o povară ce-i apasă umerii!

Fii pieptul de care are nevoie, seara, să pună capul!

Fii mâna care nu îi mângâie doar trupul ci şi sufletul!

Fii bucătarul care-i hrăneşte sufletul cu cele mai bune preparate!

Fii ploaia ce-i stinge focul inimii şi focul ce-i aprinde pasiuni!

Fii adăpostul ei atunci când, speriată, apare la uşă ta!

Fii responsabil, în egală măsură, pentru fericirea voastră!

Fii ziua în care ea a cunoscut fericirea!

IV.

„Când ești într-o relație și calci strâmb, riști ca tu să-ți rupi gâtul și celuilalt să-i rupi sufletul.

Pășește cu grijă!"

„Pentru fiecare dintre noi există o iubire de care ne despărțim cu greu și avem impresia că vom muri singuri.

Partea bună este că vom mai iubi și mai mult un alt om!"

Am fumat vreo cinci țigări și simțeam că plămânii mei au început să plângă de la atât fum nesănătos pentru ei. Cel puțin, am reușit să nu mă mai gândesc la ceea ce i-am făcut Andradei și, într-o mică măsură, Alexandrei. Am încercat să fug după doi iepuri și am prins un rahat mai mare decât cei 180 de centimetri ai mei.

Mă gândeam cum să o împac pe Andrada, cum să o recuceresc când ea nu mai voia să audă de mine. Așa-mi cerea sufletul – să o recâștig oricât de mult aș pierde, oricât de greu ar fi. De cealaltă parte, rațiunea-mi șoptea că mai sunt și alte fete și că nu are rost să mă opresc doar la una singură. Nu știam ce să fac și din cauza asta mă simțeam descumpănit.

Primesc un mesaj pe telefon.

„În cinci minute, ne vedem la mine la clasă! Vreau să vorbim!"

Era de la Andrada.

Continuarea în volumul doi.

În volumul 2 ...

Mulți se iubesc, dar orgoliile-s prea mari să le permită o apropiere!

În loc s-o lași să plece, mai bine oferă-i motive pentru care să rămână! În fiecare azi, oferă-i motive să rămână pentru fiecare mâine!

*

* *

- Ce sunt pentru tine, Adam?

- Îți pot spune ce nu ești. Dacă vrei.

- M-ai făcut curioasă. Te ascult.

- Tu? Tu nu ești o simplă picătură din oceanul cu femei. Tu nu ești produsul banalului, ci un mister, pe care, probabil, nu-l voi înțelege vreodată. Tu nu ești dorință stinsă de vreme, devreme, ci o torță ce arde tot mai tare, cu fiecare zi ce trece. Tu nu ești fericire, ci viață. Tu nu ești nici sacru, nici profan. Tu nu ești locul de unde iubirea izvorăște către lume, ci timpul care oferă lumii posibilitatea de a cunoaște dragostea. Tu nu ești unu sau doi, ci limita la plus infinit.

O priveam. Era uimită. Hah, i-am copt-o!

- Tu nu ești dimineața ce-mi trezește sentimentele, ci ești noaptea ce-mi adoarme singurătatea. Tu nu ești alb sau negru, ești griul echilibrului meu. Tu nu ești dor, ci dulce dependență. Tu nu ești dorită, ci adulată. Tu nu ești rațiune ce încătușează inimi, ci sentiment sălbatic ce zboară peste câmpiile iubirii. Tu nu ești ploaie, ci rază de soare ce-mi străpunge fiecare strat de gheață. Tu nu ești sex, ci nebunie curată. Tu nu aprinzi pasiuni, ci trezești cele mai nebănuite frici. Tu nu ești o simplă carte, ci un atlas de sentimente, stări, trăiri și vise. Tu nu ești certitudine, ci absurdă împletire a destinelor.

- Te iubesc! îmi spuse.

*

* *

Dacă tot ploua afară, am pus mâna pe telefon și l-am chemat la o bere pe amicul ăsta al meu. Aveam chef de povești, iar cum ea nu mai exista în viața mea, încercam să-mi umplu timpul cu ceva. Sau cineva.

Aud bătăi puternice în ușă. El este, căci îi cunosc deja modul în care își face simțită prezența. I-am deschis. Neras, îmbrăcat de parcă aterizase în dulap după care a rupt-o la fugă spre mine, morocănos ca de obicei. Ca formă de salut, mă întreabă unde este berea lui. Îi arăt frigiderul în timp ce îi reamintesc că tot nu are cei şapte ani de acasă. Dar era amicul meu, trebuia să-l accept aşa cum este el.

După o gură de bere, din care golise un sfert de sticlă, îmi spune:

– Băutura asta trebuie interzisă femeilor!

– Nu multe femei beau bere. Li se pare o băutură grosolană, îi spun.

– Foarte bine, foarte bine, şi mai luă o duşcă.

– De ce eşti misogin? îl întreb

– Pentru că trăim în democraţie, îmi spusese fluturând din mână a plictis. Mare invenţie democraţia, dom'le!

– Ai iubit vreodată, idiotule?

– Eu? Crezi că am înnebunit? Femeia nu trebuie iubită, altfel îşi va lua lumea în cap. În schimb, berea trebuie iubită, adulată chiar. Eu îi mulţumesc în fiecare zi că nu mă părăseşte. Ia stai niţel, tu o mai iubeşti?

Ştiam cum urma să reacţioneze dacă îi spuneam un simplu "da".

– Da, încă o mai iubesc. Dimineaţa, seara, în miezul zilei, eu simt că încă o iubesc. Şi poţi să spui că am înnebunit, că poare ar trebui să termin cu prostiile de genul, că poate trebuie să trag o beţie cruntă, să uit. De fapt, poţi spune orice. Doar trăim în democraţie, nu?

– Aşa este, barosane! Democraţie şi prostie. Eşti cam ţânc. La vârsta ta, ar fi trebuit să ştii că femeia şi distracţia nu merg mână în mână.

– Nu ştiu de ce nu sunt surprins absolut deloc. Ba chiar, parcă îţi creionasem, în minte, vorbele.

– Ai minte? Mă întrerupse şi izbucnise în râs.

– Mai mult suflet decât minte, i-am răspuns zâmbind. Eu tot mai cred că tu ai suferit după o femeie. Ăsta trebuie să fie motivul superficialității tale.

A început să râdă din nou, de data asta mai tare.

– Nu știu cine după cine a suferit. Iar superficialitatea nu are nicio legătură cu libertatea. Prefer să pot să îmi plimb ochii pe trupurile altor femei, nu să mă rezum doar la același trup, piele, sâni și fund. Pot să ies la cafea, bere, vin, cină cu cine îmi poftește sufletul. Pot face sex cu câte femei vreau eu. Ce-i drept, trebuie să fie și ele de acord, altfel apar niște implicații legale. Dar pot face tot ceea ce vreau, fără a deranja pe cineva, fără a fi limitat. Dar tu? Tu nu poți face nimic din toate astea!

– Fiecare își definește fericirea după cum îi dictează propriul suflet, iar dacă pentru tine se rezumă la clipe, pentru mine la o viață. Și libertatea o poți avea și când împarți gânduri, dimineți, un pat și un scop. Atunci când găsești, după lungi căutări, femeia cu care te potrivești și simți o nevoie acută de a umbla dezbrăcat prin fața ei, știi că merită să renunți la sumele de sâni și funduri.

– Abia aștept să-ți revii și să mă suni, să-mi spui să-ți fac rost de niște sume d-alea! Crezi că dacă ai, pentru o vreme, o femeie în pat, în casă, în suflet, în mâini și totul merge strună, nimic nu vă poate deranja mica voastră „afacere”? Cel mai rău lucru pe care și-l poate face un om este să se mintă.

– Știi ce nu înțeleg? De ce spuneai, chiar tu, la un moment dat, să găsești ceea ce iubești și să-l lași să te ucidă?

– Alcoolul, țigara, excesul – și ele te ucid. Unde am făcut eu referire la femeie?

Nu aveam cu cine vorbi. Iau și eu o bere, el era la a treia deja. Vom continua, puțin mai târziu, să ne luptăm în cuvinte.

Ea tot îmi lipsește.

*

* *

Am apelat atât de des la cuvinte pentru a-ți spune ce simt, încât astăzi gura îmi este încleștată, rigidă, iar cuvintele se lovesc absurd de tare de dinți și se rostogolesc în stomac, acolo fiind digerate și astfel dispărute.

Astăzi, nu mai vorbesc – nu-mi mai vorbesc despre tine și nu-ți mai vorbesc despre mine. Intru într-un fel de greva foamei a cuvintelor – nu strică, uneori, să ne privim mai mult și să lăsăm doar bătăile inimii să vorbească. În acest timp, mă voi uita la tine și voi încerca să deslușesc sentimentele și gândurile tale despre cel care îți este bărbat. Despre mine. Despre demonul și îngerul care, împreună, trăiesc în mine.

Când vezi o femeie cu ochii sclipind, cute la colțurile ochilor și zâmbetul în formă de semicerc, înseamnă că în spatele ei există un bărbat care o iubește sincer și care face tot ce-i stă în putință pentru a o face fericită. Asemenea şi la bărbaţi, căci în iubire nu există discriminare.

Când mă uit la tine, la chipul tău aflat încă sub atingerea razelor de soare, văd expresia unei femei fericite – îmi sună a laudă de sine. Însă, rămân lucid şi nu pierd din vedere nici momentele când norii de pe cer se coboară pe chipul tău din pricina mea. Pentru acele momente îţi cer iertare!

Nu putem fi perfecţi şi nu putem sări un anotimp al iubirii. Chiar aşa! Iubirea este ca un an calendaristic – la început rece, apoi se nasc sentimentele aşa cum apar florile primăvara, apoi ardem unul de celălalt, iar mai apoi ne plouăm puţin. După care, reluăm ciclul.

Te aud de fiecare dată când plângi în tine. Şi de fiecare dată, îmi lipesc urechea de sufletul tău – poate, poate îmi spune ce are. În timpul acesta, lacrimile ţi se rostogolesc peste mine, lăsând în urmă amintirea unei dureri ce a plecat în lume. Şi câte „n-am nimic"-uri am auzit! Nu voiai să pari slabă, dar tu nu ştii oare că şi oamenii puternici plâng? De fapt, puternic ori slab, dacă ai suflet, este imposibil să nu verşi lacrimi din când în când.

Doamne, ce frumoasă eşti! Îmi place să te privesc, căci bărbatul care îşi iubeşte femeia, cu greu îşi poate lua ochii de la ea.

*

* *

Am ajuns în cameră. Pe noptieră aveam un plic. Pesemne, trecuse pe la mine cât eu lipseam. Femeile astea! Deschid plicul și scot o bucată de hârtie puțin îndoită pe la colțuri, unde găsesc câteva cuvinte la întrebarea de ieri.

Ocupă-i timpul femeii de lângă tine cu iubirea ta intensă, astfel încât să nu aibă timp să respire alt aer în afară de al tău, încât să nu simtă că-şi iroseşte timpul, să nu ajungă să-şi pună întrebări despre viitorul vostru. O femeie plictisită este pe jumătate pierdută.

O femeie ocupată cu bărbatul ei nu se va arunca în braţele altuia. Ea este o femeie veşnic fascinată de cel pe care-l ţine de mână, dorindu-şi să-l descopere din ce în ce mai mult. La rândul lui, un bărbat care ştie cum să-şi ţină femeia ocupată va avea întreagă ei lume la dispoziţie şi toată fericirea aferentă.

Ocupă-i buzele cu ale tale, încât să nu scoată pe gură cuvinte pe care nu ai vrea să le auzi. Ocupă-i trupul cu al tău, încât să nu răcească – nu se ştie cu ce sau de cine este presărat drumul până la farmacie. Ocupă-i mintea, încât să nu aibă timp decât să se gândească la voi doi. Fă-o să râdă mult, încât să nu aibă timp să-și aducă aminte tristețile.

O femeie plictisită devine umbra a ceea ce a fost cândva.

O femeie care nu are timp să plângă va rămâne lângă tine!

Dar nu exagera cu iubirea, dragule, căci ce este prea mult strică chiar și cele mai fundamentate relații!

De unde dracului ştia ea toate acestea?

*

* *

Draga mea, poţi avea toate bogățiile lumii, dar dacă nu ştii să le păstrezi când vei clipi, te vei trezi cel mai sărac om din lume. Degeaba mă ai dacă nu ştii care-mi sunt nevoile, care-mi sunt temerile, care-mi sunt zilele rele, care-mi e limita dintre a accepta şi a respinge cu vehemenţă.

Eşti săracă de mine! La început, ai crezut că ai tras lozul norocos, dar viaţa este o loterie care-ţi dă, dar îţi mai şi ia. Te-am întrebat dacă mai am vreun rol în viaţa noastră sau mă pot întoarce la viaţa mea, te-am întrebat dacă mă iubeşti, dacă-mi simţi lipsa, dacă te macină dorul aşa cum o râşniţă macină boabele de cafea, dacă te gândeşti la mine. Oh, câte întrebări ți-am pus!

Cel mai tare m-a durut, punându-mă pe gânduri acel „dar" ce a urmat după fiecare „da". Eu nu vreau să-i ofer unui om verbe, substantive, adjective urmate de semnul exclamării şi în schimb să primesc un amărât de „dar".

Ştii care este diferenţa dintre „te iubesc, dar ...” şi “..., dar te iubesc”?

În primul caz, găseşti scuze să te opreşti din a iubi, din a lupta împreună, din a avea un drum comun. Și, nu, nu te-aş condamna pentru nimic în lume. E alegerea ta. Doar a ta.

În al doilea caz, orice problemă am avea, o vom rezolva, căci iubirea noastră este mai puternică decât orice obstacol pe care-l vom întâlni în calea spre fericire.

Ei bine, eu nu vreau să fiu coada care scapă turma – adică bărbatul care te ia în viaţa lui, te învață, te ridică, te face femeie, ca mai apoi tu să pleci, iar eu să-i salvez pe ceilalţi bărbaţi de bătaia de cap pe care-o aduci. Nici să nu-ţi treacă prin cap! Mai bine mă dau lovit, bătut, mă fac că nu ştiu să joc jocul, dar niciodată nu voi alege, pentru o viaţă întreagă, un om care ştie cum să fie doar pentru el.

Mi-ai spus de câteva ori că pleci. De fapt, a sunat mai degrabă a ameninţare decât a informare.

Atunci, nu-mi doream să pleci, îţi ascundeam trolerele ca în cazul în care vrei să pleci, să pleci cu hainele în braţe. Dar acum … acum parcă te-aş ajuta să împachetezi. Ba chiar, te-aş ajuta să le cari înapoi în lumea ta.

Îmi aprind o ţigară. Habar n-am ce să fac. Ce să-mi fac. Ce să-ți fac.

Mi-aş fi dorit să privim în aceeaşi direcţie, să avem un drum comun, să fiu tipul pe care te poţi baza în orice situaţie, cel care-ţi oferă un umăr pe care să plângi, cel care te strânge în braţe de fiecare dată când îţi e teamă ori frig, cel care te acoperă noapte de teamă să nu cumva să răceşti.

Eu îţi puteam da totul, dar nu l-ai vrut. Nu-i nimic, viața merge înainte!

*

* *

E prea târziu să mă mai iubeşti, draga mea. Te văd cum stai împietrită în tocul uşii şi te uiţi la mine cu o privire ce-mi transmite că nu înţelegi ce ţi-am spus. Da, e prea târziu să mă mai iubeşti. Nu ştiu ce cărţi ai citit, ce filme ai văzut, ce poveşti ai auzit, dar în viaţa reală iubirea nu este eternă dacă nu ştii cum să o ţii vie. Imaginează-ţi o imagine stinsă ca o moarte de om – rece şi ireversibilă. Şi să ştii că, odată cu ea, moare jumătate din omul care altădată te iubea atât de tare încât te ridica deasupra tuturor.

Îţi apreciez sinceritatea, dar nu este de-ajuns pentru a ne ţine pe amândoi la mal. Pe mine m-a luat valul, m-a dus în larg şi te vedeam cum stăteai la ţărm uitându-te impasibilă cum mă îndepărtez tot mai mult de tine. Nu te-am văzut să te fi aruncat în valurile mării, să vii să îmi arunci măcar un colac de salvare, că de ajuns la ţărm mă descurcam şi singur să ajung. Era de ajuns să te aud strigând după ajutor, dar nici asta nu s-a întâmplat.

Aaa, nu! Nu te învinovăţesc pentru absenţă. Sunt sigur că nici măcar nu ai realizat că lipseai când te rugam să fii prezentă. Dacă era o iubire autentică, nu era nevoie să-ţi cer prezenţa, căci un om care iubeşte din tot sufletul face din persoana iubită cel mai important aspect al vieţii sale, iar pe restul aspectelor le leagă de aceasta. Eu te-am atenţionat de câteva ori că te apropii de uşa de la intrare, dar alegerea de a păşi dincolo de apartamentul nostru ţi-a aparţinut în totalitate. Ştiu, ai decis în privința noastră mai mult inconştientă.

Poate că ţi-a fost teamă, dar aşa nu vei putea fi niciodată fericită. Dacă îţi e frică de viitor şi nu trăieşti prezentul, uite că pierzi omul. În lipsa ta, mi-am consumat şi ultima fărâmă de iubire, deşi nu-mi doream deloc să se termine aşa. Îmi imaginam cum vom creşte împreună, cum ne vom iubi fără margini şi la vârste mai înaintate. Nu doar la 19 ani.

Degeaba iubeşti dacă te trezeşti târziu.

*

* *

Tu mă faci un om mai bun. M-ai ajutat să fiu mai răbdător în primul rând cu mine, iar mai apoi cu cei din jurul meu.

„Nu vei înţelege viaţa dacă o vei trăi pe repede înainte”

Mi-ai mai spus că unii oameni gândesc mai încet, se mişcă mai încet, sunt mai nehotărâţi şi decid cu greutate, dar ei nu trebuie grăbiţi, pentru că se vor pierde.

„Să ai răbdare şi să asculţi fiecare suflet aşa cum ţi-ar plăcea şi ţie să fii ascultat când neliniştile şi nehotărârile îţi cuprind fiinţa”.

Tu mă faci un om mai bun. M-ai făcut să înţeleg că judecățile pripite pot fi înlocuite cu compasiune, cu interes faţă de cel în cauză.

„Unii oameni poartă în ei urmele adânci ale unor greutăţi, ale unor eşecuri care i au transformat în ceea ce ţie nu ţi se pare a fi normal. Până nu le asculţi sufletul, nu poţi să ştii ce este în adâncul lor.”

Tot tu mi-ai spus că dacă potsă ajut, să ajut cu sufletul deschis şi să nu aştept recunoaştere, căci altfel nu se mai numeşte ajutor. M-ai învăţat să nu râd de cei neputincioşi, spunându-mi că doar ei ştiu ce durere le sugrumă sufletul.

„Dă-le o mână de ajutor dacă poţi, vor aprecia!”

Eu ți-am zis că nu cred în Dumnezeu, tu ai zâmbit şi mi-ai spus că nici tu nu ştii ce să crezi, însă atât timp cât sunt un om bun, oricine sau orice ar fi acolo sus, va vedea şi voi fi răsplătit într-un fel sau altul.

Tu mă faci un om mai bun. Eşti calea pe care o urmez când sunt pierdut, eşti lumina de la capătul tunelului, eşti speranţa unei lumi mai bune, eşti liniştea de după furtună, căldura unui şemineu în miez de iarnă.

Îţi mulţumesc din suflet!

Un ultim gând pentru tine, cel care a citit această carte

Îndrăgostește-te nebunește! Apoi permite-ți să simți cum fiecare zi ce vă găsește îmbrățișați în același pat având aceleași visuri vă mângâie sufletele. Riscă și iubește, nu poți pierde mai mult decât atunci când ai o viață fadă, lipsită de emoție și tremur. Nu te gândi că nu o să meargă ori că vei suferi atât de mult încât îți vei dori să nu îl fi cunoscut. Nu îți smulge singur aripile când nici bine nu ai început zborul. Nu căuta să îi dai șah mat, ci să faci jocul cât mai lung și mai plăcut. Iubirea, în definitiv, este o joacă a sufletelor.

Pierde-ți capul! Nu te îngrijora că nu îl vei mai găsi. Dacă ți-ai găsit sufletul alături de care ești fericit, dă-l naibii de cap! Folosește-l la muncă, într-o confruntare cu cineva, la școală, cu vecinul. În rest, lasă-ți sufletul să primeze – fericirea vine, aproape de fiecare dată, tocmai de acolo!

Bucură-te cât mai mult! Permite-ți să râzi din suflet, colorând astfel peisajul ce te înconjoară. Bucură-te de viață, de cel de lângă, de un răsărit ori apus, de o clipă la malul mării, de o îmbrățișare, de un sărut furat. Nu te îngrijora prea tare pentru privirile dezaprobatoare a celor din jur care nu știu cum este să râzi din suflet.

Nu fugi de probleme și nici nu le ascunde sub covor! Dacă faci asta, la un moment dat problemele te vor ajunge din spate, iar praful te va face să îl respiri pe cel de lângă din ce în ce mai puțin. Rezolvă și curăță imediat! Este firesc să aveți și probleme, și certuri, și neînțelegeri, și păreri diferite – fiecare are o rezolvare, însă trebuie voință. Problemele sunt făcute pentru a fi depășite, nu pentru a te împiedica de ele cu prima ocazie și să îți belești nasul.

Învață să știi să pierzi! Viața nu e făcută doar din meciuri câștigate, ci vei mai avea și înfrângeri. Unele ușoare, altele usturătoare. Cu toții trecem prin astfel de momente, ceea ce ne diferențiază este percepția fiecăruia. Eșecul te dă un pas înapoi, ce-i drept, însă îți permite să te cunoști și să te mobilizezi mai bine pentru următorul meci – este cel mai bun antrenor pentru viață. Poți pierde orice, însă cel mai important este să nu te pierzi pe tine!

Se numește viață, așadar trăiește-o la maxim, ca și cum fiecare astăzi ar fi ultima zi!